KB157823

한국 희곡 명작선 86

무희, 무명이 되고자 했던 그녀

한국 희곡 명작선 86

무희, 무명이 되고자 했던 그녀

한민규

평민사

한민규

무희, 무명이, 되고자 했던 그녀

— 2020 국채보상운동 연극대본(희곡) 시나리오 공모전 대상 수상작

등장인물

선향 : 월화장의 행수가 된 일패기생으로, 기생이지만 무희로 인
　　　정받는 그날을 위해 살아가는 여성 (30대 중반)

초희 : 월화장의 차기행수로 선향보다는 5년 선배다. 언제나 선
　　　향의 언니처럼 선향을 뒤에서 챙기고 보듬어주는 여성 (30
　　　대 후반)

한유화 : '국채보상운동'을 이끌 수 있는 지혜를 서성돈과 양기택
　　　에게 준 젊은 문인(30대 중반).

서성돈 : 국채보상운동을 이끈 주력인물로 역사적 실존 인물인
　　　'서상돈'을 상징하는 팩션인물(50대)

양기택 : 국채보상운동을 이끈 주력인물로 역사적 실존 인물인
　　　'양기탁'을 상징하는 팩션인물(40대)

무카시 : 국채보상운동 탄압조직의 수뇌부인 경시. (40대 후반의
　　　남성)

※ 등장인물의 나이는 1907년 기준임을 밝힙니다.

外

서장

1897년, 대구의 어느 기방
기생들이 여럿 모여 있으며 가무를 준비하고 있다.
이때, 행수가 등장하자 모두 긴장한 듯 일어서는 기생들.

행수 많이들 모였네… 다들 알다시피 이곳은 일패기생들만이 발걸음을 할 수 있는 곳이다. 남정네들과 몸뚱이를 섞는 삼패기생들이 아닌, 오직 춤과 노래로, 예술로 무대에 서는 무희들만이 올 수 있는 곳이라는 말이야. 그래서 여긴 삼패기생들보다 더 가난할지도 모른다. 왜냐고? 우린 우리 스스로 기생이 아닌 '무희'라고 말하기 때문이다. 오죽하면 궁궐의 삶을 때려치우고 이렇게 독립했겠는가. 나라마저도 지켜주지 못하는 일패기생들의 삶. 그건 그 누구도 지켜줄 수 없다. 우리 스스로 지켜야 한다. 이곳은 그런 정신이 지독하게 담긴 곳이다. 그래서 여기에 들어오면, 바깥 구경은 1년간 일절 없이 훈련만 하게 될 것이다. 또 여기에선, 분칠보다도 그것을 송두리째 지울 땀들이 더 친숙해질 거다. 왜냐고? 기생이 아닌 무희가 되어야 하니까. 그러니까 지금이라도 자신이 없는 사람은 돌아가. 배를 쫄쫄 굶을 테니까.

돌아가는 몇 몇의 사람들. 그리고 행수가 남아있는 사람들을 보자

행수   그래도 많이 남았네. 그래, 이 정도면 됐다. 보자. (모던걸스
        럽게) 오디션을.

1장. 의문의 소녀

서막으로부터 약 반나절의 시간의 경과 후.

기방, 오디션장.

오디션이 한창 진행되고 있는 가운데 머리를 푹 숙이고 있는 행
수와 기생들

행수 몇 명 남았어?

초희 하… 한 명이요.

행수 빨리 보고 접자. 오늘은 글렀다. (사이) 들어오라 그래.

초희 네.

초희, 퇴장했다가 등장하면 선향과 같이 등장한다.

선향, 긴장한 듯 행수 앞에 서지만 자신감 있게 꼿꼿하게 서 있다.

행수 이름은?

초희 선향이라는 아이입니다.

행수 선향?

선향 (긴장한 듯) 네, 아, 안녕하십니까. 선향이라고 합니다.

행수 (선향에게) 그래, 한 번 해봐.

선향, 긴장한 듯 깊게 심호흡을 하고는 팔을 펼친다.

대수롭지 않게 보는 행수.

그러나 선향이 팔을 펼치고 가무의 자세를 잡자 고고한 학 같은 느낌이 묻어난다.

행수, 예사롭지 않은 선향의 포즈에 자세를 고쳐 잡고 선향을 보기 시작한다.

선향, 춤을 춘다.

선향의 춤은 흡사 고고한 학이 태어나고 죽음에 이르는 일생 같다.

지켜보는 기생들 모두 선향의 춤에 흠뻑 빠진 듯한 모습이 이어지고 행수는 선향의 춤에 무언가가 생각이 나는 듯한 모습이 이어진다.

마침내 선향의 춤이 끝나자, 초희는 벌컥 놀라 일어선다.

초희   하나 건졌는데요. 어떻습니까?

그러나 행수, 생각에 잠긴 듯 '쉿' 하는 손짓을 하자 말을 멈추는 초희.

잠시 후 선향을 지긋이 보며 입을 여는 행수.

행수   이 춤은… (무언가 알아챈 듯) 혹시 엄마가 여월?
선향   네… 맞습니다.

지켜보던 기생들, '여월'이라는 말에 다들 놀라며.

행수	돌아가.
초희	행수님!
행수	쟤 돌려보내.
초희	왜요? 드디어 한 명이 나왔는데요.
행수	돌려보내라고!
초희	다들 넋이 나간 거 못 봤습니까. 저애라고요.
행수	돌려보내라니까.

그러던 이때, 선향, 앞으로 나서며,

선향	왜 기회를 안 주십니까. 다들 노래를 할 기회는 주시지 않았습니까.
행수	여긴 내 말이 법이니까.
선향	엄마 때문인 겁니까. 엄마가 이곳 출신이어서 그런 건가요?
행수	뭐?
선향	혹시 삼패기생 짓을 일삼았던 저희 어머니 때문이라면, 그 말은 넣어주십시오. 전 오직 오늘만을 생각하며 살아왔습니다. 그런데도 어머니의 그늘에 가려져 저를 못 보신다면, 일패기생인 행수님이 바라는 길이 아니지 않을까요? 비록 어머니는 사랑이라는 말로 여길 떠났지만, 전 예술이라는 말로 제 발로 여기를 찾아왔습니다.
행수	당돌한 것 보게. 진짜… 자신 있니?
선향	오늘 죽더라도 불러보겠습니다.

긴장감이 감도는 찰나

행수, 주변 분위기를 살핀다.

지켜보던 기생들은 선향의 오디션을 더 봐달라는 눈치다.

마지못해 결심한 듯 고개를 끄덕이는 행수.

행수　　그래… 해보렴.

선향, 준비 자세를 잡더니, 천천히 노래를 부른다.

선향　　(노래) 눈물 아닌 눈물… 삶 아닌 삶.

이것이 나의 인생.

기쁨을 찾아왔건만, 느끼는 건 악취뿐.

불행 속에 행복이 있고

그 행복은 깨끗한 향기를 풍긴다….

선향의 노래에 따라

선향의 과거의 사람인 엄마가 등장하며

과거의 기억이 펼쳐지며, 과거 장면이 전개된다.

엄마　　이 노랫말대로 나처럼 더러운 냄새는 풍기지 말고 깨끗한
향기를 풍기라고 네 이름을 지었어. 그러니까 엄마처럼
춤을 추거나 노래를 하면 안 돼.

선향　　엄마는 더럽지 않아.

엄마	더러워. 다 이것 때문이야.
선향	아니야. 엄마가 춤을 출 때가 가장 예뻤어.
엄마	왜?
선향	가장 엄마 같았으니까.
엄마	그래서 더 싫어.
선향	난 그때의 엄마가 좋아.
엄마	나가.
선향	엄마, 나도 그때의 엄마처럼 춤을 출거야.
엄마	조선땅에서 춤추는 게 뭘 의미하는 줄 알아? 창녀가 된다는 거야.
선향	엄마는 예술가야.
엄마	아니, 나는 창녀야. 빌어먹을 창녀.
선향	아니야.
엄마	제발 내 말 좀 들어!
선향	난… 난!
엄마	(선향의 멱살을 잡으며) 잘 들어… 평범하게 살아. 아무 소리도 내지 말고. 춤추고 노래하는 게 아름다워 보여도 다 가짜야. 이걸 예술이라고 하는 말도, 그 누가 우리를 사랑한다고 하는 말도 다 가짜야. 가짜가 되지 마. 그러니까 그냥 사는 거야… 이런 데에 눈도 돌리지 말고. 이게 엄마의 마지막 부탁이야. 알았지?
선향	엄마… 엄마, 가지 마. 가지 마!

선향의 엄마, 떠난다.

떠나는 것은 죽음으로 표현된다.

선향 (노래) 불행 속에 행복을 느낀다….

이윽고 선향의 노래가 끝나자, 다시 장면 현재로 전환된다.

선향의 노래에 흠뻑 빠진 기생들과 선향을 인정하는 듯한 행수,

하지만 행수는 이내 고개를 가우뚱거린다.

행수 네 애미랑 판에 박힌 듯 똑같네. 그럼… 너도 남자 만나 하직하겠지? 애써서 다 키워놨건만, 지 사랑 찾아서 떠나버린 네 엄마처럼.

선향 아닙니다.

행수 아니긴 뭐가 아냐. 그 애미에 그 딸인데.

선향 뿌리는 같아도 길은 다릅니다.

행수 달라? (기가 차서) 뭐가 다른데?

선향 노래도 다르고 춤도 다릅니다.

행수 너한테 그것들이 뭔데?

선향 … 표현입니다.

행수 뭐?

선향 자기표현입니다. '가무'라는 것은 이 나라에서 나라가 바라는 모습으로만 살아야 하는 우리에게, 내가 바라는 '내'가 될 수 있는! 가장 원초적인 자기표현의 예술입니다. 몸

짓에는 말이 있습니다. 말에는 생각이 있습니다. 생각 안에는 '내'가 있습니다. 몸짓은 곧 진정한 자기표현입니다. 그래서 어머니가 가장 아름다웠던 그 순간이 바로, 무대에 설 때였습니다. 세상 그 누가 뭐라고 해도, 난 그것이 가장 아름다웠습니다. 그 순간만이 진짜 엄마의 모습이 나왔기 때문입니다. 하지만 엄마는 그 모습을 포기했습니다. 사랑이라는 이유로… 그래서 저는 어머니와 다릅니다. 전 가장 진짜일 수 있는 나를 만나는 것에 가장 큰 행복을 느낍니다. 그래서 가장 나다울 수 있는 말을, 가장 나다울 수 있는 춤을 추고 싶어서 이곳에 왔습니다. 어머니가 진짜 삶을 살았던, 춤을 추었던 이곳으로요. 나에겐 여기가 제 인생의 전부입니다. 이런데도 받아주실 수 없겠습니까.

행수, 고민이 이는 사이
기방에 있는 기생들은 모두 긴장한 채 행수의 대답을 기다리고 있다.
그러자 이내 입을 여는 행수.

행수   짐 풀어. 내일부터 훈련한다.
선향   감사합니다. 선생님.
행수   선생은 무슨. 행수라고 불러. (기생들에게) 얘들아. 안내해라.
선향   감사합니다. 행수님. 열심히 하겠습니다. 잊지 않겠습니다. 목숨을 걸겠습니다.

행수   살벌한 말 그만하고.

모두 퇴장하고 선향, 혼자 남겨지면.

선향   엄마, 미안… 하지만 나 진짜가 될게.

2장. 도화선

10년 후. 1907년.

회의실.

긴장감이 감도는 이내. 성돈 벌컥 일어나며

성돈 그러니까 그게 말이 됩니까. 나라 빚이 천삼백만 원이라 뇨! 일 년치 나라 운영비보다 더 많은 금액입니다. 그게 진짜 우리 빚이라는 겁니까.

기택 맞… 맞습니다.

유화 부정하고 싶지만 인정하셔야 합니다.

성돈 하지만,

유화 지금 우리에게 필요한 건 빠른 판단입니다.

성돈 (깊은 한숨) 하아….

유화 하루가 다르게 빚이 늘어가고 있어 빠른 조치를 취하지 않는다면, 정말 이 땅을 왜놈들에게 송두리째 빼앗길지도 모릅니다.

성돈 그럼 이제 어떻게 해야 합니까.

기택 현재로서는 더 이상 나라의 힘만으로 빚을 갚는 일 자체 가 불가능합니다.

성돈 그러면,

유화 모두가 나서야지요.

술렁이는 사람들.

성돈   모두라면?

유화   가만히 있으면 빚은 쌓여가고, 어느새 불어나는 이자를 갚는 것 역시 힘들어질 겁니다. 그렇기 때문에 무엇보다도 속전속결로 끝내야 합니다.

성돈   그러니까 어떻게요?

유화   이 땅의 2천만 인민들이 일본으로 수익원이 되는 모든 것을 금하고, 한 사람당 매달 20전씩 거둔다면, 3개월이면 갚을 수 있습니다.

기택   말도 안 됩니다. 궤변입니다.

유화   지금 상황 자체가 말이 안 되는데, 일반적인 방법으로 해결한다는 것 자체가 모순입니다. 이 상황을 극복하려면 말도 안 되는 이 방법을 실현시키는 것만이 살 길입니다. 아니면, 다른 방법이라도 있으십니까. 있다면 지금 말해보십시오.

모두 침묵이 이는 사이.

성돈   으음… 한 선생. 그럼 뭐부터 시작해야 할까요?

유화   당장 신문부터 보이는 곳곳에다 선전을 하고, 직접 거리로 나가 사람들을 만나는 것부터 시작하시죠.

고민이 이는 사이.

성돈　좋소. 합시다. 지금 당장 밖으로 나갑시다!

성돈의 말에 사람들, 다들 일어서는 찰나.

유화　한 가지 더 중요한 것이 있습니다.

성돈　뭡니까.

유화　이 운동은 여성들에게까지 번져야 성공한다는 것입니다.

기택　그건 불가능합니다. 어떻게 이 땅에서 여자들이 나서겠습니까.

유화　이 나라 여성들이 움직여주지 않으면, 그 빚은 절대적으로 갚을 수가 없습니다. 늘어나는 이자를 갚는 데에만 족할 겁니다.

기택　하지만 여성들에게 사회참여를 조장한다는 것 자체가 불신으로 다가올 겁니다. 가뜩이나 왜놈들은 '현모양처론'을 대중들에게 적극 알리기까지 하고 있지 않습니까. 사회의 일은 가장이 하고 집안을 지키는 것이 현모양처라는 것이 이 나라 여성들에게 이미 가득 심어졌습니다. 그런데 남성의 영역인 사회참여를 시키다뇨. 불가능합니다.

유화　도화선만 있으면 가능합니다.

성돈　도화선이요?

사이, 그의 말에 집중하는 남자들.

유화   찾아봐야죠. 인물을.

의미심장한 표정의 유화.
그를 지켜보는 성돈과 기택.

3장. 행수의 자리

1907년. 기방.
행수가 병상에 누워있는 가운데 기생들 긴장한 채 옹기종기 모여
있다.

의원   아마 오늘을 넘기지 못할 겁니다. 지금까지도 살아계신
        것이 기적입니다.

선향   말도 안 돼! 부탁드립니다. 행수님께서는 아직 못다 이룬
        일이 많습니다. 단 1년만이라도 더! 하다 못 해 반년만이
        라도 더 살게만 해주신다면!

초희   선향아. 그만.

선향   하다 못 해 한 달만이라도 더!

이때, 행수 눈을 뜨면.

행수   그만….

선향   행수님!

기생들 행수님!

사이,

의원.

의원　말씀하시면 안 됩니다. 호흡을 고르시고.

행수　가는 건 정해져 있는데, 할 말을 못 하고 가면… 눈이 감기지 않아. 몸이 편하게 가는 건 중요하지 않아. 마음이 편해야지….

의원　그렇게 말씀하신다면… 알겠습니다.

행수　고맙네.

의원　아닙니다.

행수　(기생들에게) 얘들아. 우리 기방이 몇 년 됐지?

초희　이제 딱 30년 되었습니다.

행수　30년이라, 할 만큼 했네. 갈 때도 됐고….

선향　행수님. 가시다뇨. 안 됩니다. 항상 강인하셨던 행수님은 어디 가셨습니까. 아직 포기하시면 안 됩니다.

초희　선향아.

선향　아직 하셔야 할 일이 많으시지 않습니까. 이 조선땅에서 이뤄야 할 것이 많지 않습니까. 그런데 가시다뇨. 안 됩니다. 제가 못 보냅니다.

행수　허허허. 넌 그 당돌함이 참 마음에 들어. 근데 어떡하나, 내가 더 살고 싶어도 이제 명이 다한걸.

침묵 되는 분위기.

행수 … 선향이 말마따나, 내가 참 이루고 싶은 게 많았어. 그중에서 가장 이루고 싶었던 건, 우리가 무희로 대접받는 세상을 만드는 거였어. 우리는 그냥 세상이 말하는 대로 고급기생, 일패기생이라는 말에 만족하며 살아가고 있는데, 그게 정말 싫었어. 우린… 예술가이고, 무희거든. 그래서 세상에 본때를 보여주고 싶어서 궁궐을 뛰쳐나와 이 기방을 만들었는데, 여전히 밖에서 우리를 보는 눈빛은 변하지 않더라고… (병세가 깊어지며 호흡곤란이 온다) 하… 하….

선향 행수님! 괜찮으십니까.

초희 저희가 이루겠습니다. 그러니까 그만 편히….

행수 그래… 믿어 의심치 않아. 그러니 이제 자리를 정해야지, (침묵이 이는 사이) 네들, 잘 들어둬. 나 다음 행수 자리는, 선향이가 맡는다.

정적.

선향 (놀라며) 안 됩니다. 제가 어찌 행수님 자리를 이어받을 수 있겠습니까. 저는!

행수 진짜가 되고 싶다며?

선향 … 네?

행수 네 애미도 못 이룬 '진짜'를, 나도 못 이룬 그 '진짜'의 삶을. 지켜보고 싶다, 저 멀리서나마, 이게 내 마지막 소원이야. 이 자리 맡아줄 수 있겠지?

선향 … 하지만, 저를 어찌 믿고….

행수 10년 동안 지켜봤다. 내가 본 10년을 물거품으로 만들 건 아니지?

선향 행수님….

행수 (기생들에게) 다들 선향이가 내 자리를 맡는 거 동의하지?

초희 동의합니다. 설혹 반대하는 사람이 있다면, 제가 더 선향이에게 힘이 되어 모두의 마음이 하나가 되도록 하겠습니다.

기생1 저도 마찬가지입니다. 선향이라면, 믿고 맡길 수 있습니다.

기생2 저 역시 마찬가지입니다!

행수 선향아… 이래도 안 되겠는가?

선향, 고민이 이는 사이.

이내 결심하며.

선향 맡겠습니다… 행수님의 자리 이어가겠습니다.

행수 (미소 지으며) 고맙다… 정말 고맙다… 그토록 미워했던, 네 에미에게도 신세를 진 셈이구나. 마지막으로 귀한 딸을 보내줘서… 덕분에 저 세상에서도 네 에미를 웃으며 볼 수 있을 것 같구나. (선향의 손을 잡으며) 선향아….

선향 (행수의 손을 꼭 잡으며) 네, 행수님.

행수님 보여… 주렴… 이 세상에. 진짜 우리를….

행수, 죽는다.

선향   행수님!

기생들   행수님!

절망한 듯 주저앉는 선향과 기생들.

무대 어두워지며 울음이 뒤섞인다.

그리고 시간의 경과가 펼쳐진다.

시간의 경과 후 울고 있는 기생들 사이에서 선향, 일어나서 객석

전면을 바라본다.

그리고 자기 입으로 곡소리를 내는 선향.

선향   (장례 곡소리) 에, 헤에, 에, 헤에헤야~

선향의 곡소리와 함께 기생들 저마다 의식을 치르듯 곡소리를 따

라 부르며 몇몇의 기생들은 바라를 들고 등장하여 행수의 장례를

치르듯 바라춤을 춘다.

이어 행수의 장례식이 표현되며 행수의 장례에, 많은 기생들의

조문 행렬이 이어진다.

그리고 이 조문 행렬 역시도 선향을 중심으로 한 곡소리에 동참

한다.

선향의 곡소리가 끝나면, 장례식이 끝난 것으로 표현되며 기생들

모두 긴장한 채 선향을 바라본다.

| 선향 | 안녕하십니까. 월화장 행수 선향이라 하옵니다. 이렇게 행수님 가시는 길 찾아주셔서 진심으로 감사드립니다. |

그러자, 초희가 앞으로 나서며.

초희	행수님. 여기 있는 모든 기생들에게 말을 낮추시기 바랍니다.
선향	하지만,
기생1	행수라는 자리는, 나이를 떠나 우리 모두의 어머니이십니다.
기생2	우리는 가족이라는 울타리로 살았으며, 그 중심이 바로 행수님이십니다.
기생3	맞습니다. 그러니 여기 있는 모두에게 말을 편하게 해주시기 바랍니다.
초희	부탁드립니다. 행수님. 간곡히 부탁드립니다!

선향, 고민이 이는 찰나, 이내 결심하여 입을 연다.

| 선향 | 알겠다… 그럼 다시 한 번 인사하겠다. 월화장 행수 선향이라 한다. |
| 기생들 | 충! |

선향에게 충성을 맹세하듯 제식을 잡는 기생들,

선향	이 자리를 맡으면서 딱 하나 결심한 게 있다. 그건 바로 '진짜'가 되는 것이다. 우리는 예술인이지만, 사회에서는 우리를 일패기생이라고 말한다. 그리고 일패기생이라고 불리는 우리는 어느새 삼패기생이나 다름없는 창녀 대접을 받는다. 예술을 하는 것이 기생이 되는 길이라고 생각하는 것이 조선이다. 그리고 기생을 창녀라고 인식하는 이 조선에서 우리가 예술인으로 인정을 받으려면 딱 하나밖에 없다. 사람들 뇌리에 박혀 잊을 수 없는 예술을 남겨라. 무희가 되어라. 그것만이 우리가 진짜가 되는 길이다. 난 그 진짜의 삶을, 여기 있는 모두와 같이 살아가겠다. 잘 부탁한다.
기생들	잘 부탁드립니다. 행수님!

기생들, 선향에게 예를 갖춰 무릎을 꿇어 인사를 한다.
선향도 마찬가지의 답례로 그들에게 정중하게 인사한다.
무대 어두워진다.

4장. 일촉즉발의 경계

한 달 후, 기방.

기생1 오늘도 궁중연회는 취소되었네요….

기생2 무대에 못 서니, 다들 시체가 된 듯합니다.

초희 나라꼴이 지옥인지라, 이제는 이런 시간을 갖는 것도 힘들겠지.

기생1 나라 빚만 해도 나라가 팔릴 지경이라는데, 연회라뇨. 꿈도 못 꿀 겁니다.

기생3 근데, 정작 피해는 우리가 보는 것 같네요. 여기 있는 애들 중 요즘 우리가 삼패기생보다도 못한 신세라고 생각하는 사람도 더러 있는 것 같아요.

초희 뭐? 그런 말을 하는 사람이 있다면 버릇을 뜯어고쳐 줘야지. 그걸 참고 있었어? 누구야?

기생3 그… 그게….

기생2 그야, 그렇게 생각할 수도 있잖아요. 삼패기생들은 이 지경에도 여색에 눈먼 사람들이 찾는데, 우리는 원.

그러던 이때, 기생4 뛰어 들어오며.

기생4 어떡합니까. 어떡해!

초희	왜 난리법석이니.
기생4	그, 그게요… 그게….

선향 등장하며.

선향	무슨 일이야?
기생들	행수님!
초희	언제부터 여기에.
선향	안도 캄캄하고 앞날도 캄캄하니 밖으로 나올 수밖에, 그런데 여기도 캄캄한 가보구나.
초희	죄, 죄송합니다….
선향	죄송할 거 없다, (기생4에게) 자, 그래서 무슨 소식이니.
기생	밖에 일본 고관들이 잔뜩 와 있습니다. 오늘 여기서 연회를 벌이고 싶다고 하는데요, 어떡합니까.

선향, 잠시 멈칫하더니 기생들을 바라본다.

초희	행수님. 예감이 좋지 않습니다….
기생1	하지만 기방의 재정상황을 보면 해야 하는 게 맞다고 봅니다….
기생2	왕실연회까지 전부 취소가 되고 있는 마당이잖아요.
기생3	맞습니다, 다들 배가 등짝까지 달라붙을 정도예요. 하루살이조차 힘든 지경인데, 우선은 우리부터 살아야 하지 않

겠습니까.

초희   어떻게 하시겠습니까. 행수님….

선향, 잠시 고민이 이는 찰나, 기생들의 모습을 훑어본다.
가난에 찌든 굶주린 모습, 등이 눈에 들어온다.

선향   … 준비해.

초희   하지만!

선향   고관들이라면, 이곳이 일패기생 출신들의 기방이라는 것
은 다 아는 사실. 일패기생들의 기방을 찾았으면 그에 맞
는 가무만 보여주면 된다, 무희로서. 썩은 무대여도 무희
라면 예술로 만들 수 있다, 무희가 무대를 거부하는 순간,
영혼이 죽는다. 가자. 다들 정신 바짝 차리고.

기생들   네!

기생들, 선향의 말에 준비하듯 잽싸게 퇴장한다,
잠시 후 풍악 소리 울려 퍼지고
껄껄껄 웃으며 등장하는 경시 무카시와 6명의 일본 고관들.

고관1   여기가 전에 말씀드렸던, 조선땅 제일의 기생들이 있는
곳이랍니다.

고관2   근데 그 뭐냐, 일패기생들만이 있는 곳이라는데요

고관1   그래봤자 다 기생이 기생이지요. 앞으로 대업을 이루셔야

할 터인데, 오늘 회포 한 번 푸시고 먼 앞날만을 바라보시
지요.

무카시　알겠소. 오늘 그대들이 만들어준 전야제 잘 만끽하리다.

무카시와 고관들, 자리에 앉으면 풍악소리 크게 울려 퍼진다.

고관1　나옵니다. 잘 보시지요. 천국을.

악기소리와 함께, 기생들이 등장하여 부채춤을 춘다.
선이 고운 기생들의 부채춤에 넋이 나간 일본고관들.
부채춤이 절정에 이르러 끝나면, 기생들은 저마다 고관들의 옆자
리에 가서 앉으며 술을 한 잔 따라준다. 이것 또한, 가무의 한 형
식처럼.

고관1　어떻습니까. 이것이 천국주 아니겠습니까.

고관들의 웃음.
분위기가 한창 달아오른 이때, 선향이 등장한다.
선향이 등장하자, 고관들의 시선 선향에게 향한다.
고혹한 해금소리 들리면, 선향, 춤을 펼칠 자세를 잡는다.
그 자세만으로도 넋을 빼앗긴 일본 고관들.
마침내 선향의 춤이 시작되자 무카시 또한, 선향에게 눈을 떼지
못한다.

선향의 춤은 고운 선을 뽐내면서도 역동적인 움직임이 있다.

선향의 춤이 끝나자 박수가 터져 나온다.

그리고 무카시는 선향의 춤을 보며 어느 순간 자기도 모르게 자리에서 일어나 있는 것을 보고 본인도 모르게 당황한다.

선향, 고관들에게 정중히 인사한다.

선향   안녕하십니까. 월화장 행수 '선향'이라 하옵니다. 찾아주셔서 진심으로 감사드리며, 앞으로 더 좋은 순간을 보여드릴 수 있는 월화장을 만들어 가보겠습니다. 그럼 남은 시간, 좋은 시간되시길 바랍니다.

선향, 퇴장하는 찰나.

무카시, 고관1에게 귓속말을 한다.

그러자 고관1이 고개를 끄덕이며 대뜸 일어나서 선향에게 말한다.

고관1   이보게. 행수.

고관1의 말에 긴장하는 기생들.

선향   네, 부르셨습니까.

고관1   여기 옆에 계신 분은 대일본제국의 고관 중의 고관이시오, 명사중의 명사이신 무카시 경시님이시오. 경시님께서 술을 한 잔 받고 싶어 하십니다만.

초희 하오나, 저희 월화장의 규칙상 행수님은… 겸상을.

선향 괜찮다, (고관1에게) 제가 몰라봤군요. 따르지요.

선향, 무카시의 옆으로 가서 술을 따른다.

기생들, 선향을 걱정하듯 바라보며.

무카시 그대도 받게.

선향 네….

무카시, 선향 한 잔을 쭉 들이킨다.

무카시 선향이라 했나?

선향 맞습니다….

무카시 나이도 어려 보이는데, 어떻게 행수자리를 맡았나?

선향 선대 행수님의 마지막 청이었습니다.

무카시 하긴, 춤을 보니 행수를 맡을 인물임은 믿어 의심치 않네.
보는 내내 놀라기만 했어. 일본땅에도 찾기 힘든 이런 미
인이 조선땅에 있다니, 당신을 알게 되어 무척 반갑네.

선향 영광이옵니다.

무카시 그나저나 요즘 연회들이 줄줄이 취소되고 있다고 들어 조
선 기방들이 힘들다는데, 여기는 어떤가?

선향 같은 땅에서 같은 꿈을 바라보는 기녀들인데, 여기도 마
찬가지지요.

무카시　하긴, 이 정도 가무를 보려면, 그에 걸맞는 돈이 있어야지. 근데 그런 돈을 가진 사람들이 이 조선땅에 얼마나 있겠어. 나라마저 팔릴 지경인데,

선향　….

무카시　그래서 말인데, 내가 워낙 미인들의 가무를 좋아하는지라, 이곳을 자주 찾을 생각이네.

선향　감사합니다.

무카시　또한, 그대들을 우리 대일본제국의 황실에 초대하여 가무도 선보이게 하면 어떨까 생각도 하고 있고.

　　　기생들, 좋아하며.

선향　저희야… 영광이지요.

무카시　그렇게 되면 나 외에도 많은 후원자가 붙어 월화장만큼은 이 척박한 조선땅에서 배불리 먹고 살 수 있지 않겠나?

　　　고관들, 웃는다.
　　　기생들도 따라 웃지만, 표정이 어딘가 한편으로는 씁쓸하다.

무카시　난 이 모든 것을 약속할 수 있네. 당장 내일부터, 나에겐, 내가 말한 모든 것을 실현시킬 힘이 있어. (사이) 하지만 나도 조건이 있네.

선향　무엇입니까?

무카시　　그대의 사랑을 받고 싶다만. 어떻소?

선향　　　… 사랑이라면?

무카시　　그대를 품고 싶소. 아니, 품어야겠소. 난 아름다운 것을 보면 반드시 내 것으로 만들어야 하는 성미가 있거든.

기생들, 아무 말도 못하고 침묵이 이는, 긴 정적이 인다.

무카시　　자, 어떤가?

선향　　　하오나… 저희는 일패기생입니다. 접대를 하는 삼패기생과는 다릅니다.

살벌한 침묵이 이는 사이.
고관, 상황을 수습하려는 듯 벌컥 화를 내며.

고관1　　머리가 돌았나. 기생이 다 거기서 거기지. 그깟 고집 부리면 신분이 높아지는 줄 아냐? 경시님의 선택을 받았으면 영광으로 알라고! 가난에 찌든 땅에서 일확천금을 얻을 수 있는 기회인데, 그깟 고집으로 날려버릴 셈이야?

선향　　　고집이 아닙니다. 신념입니다.

고관1　　신념? 하하하. 하늘이 웃겠네. (기생들을 손가락질하며) 네들이 신념이 있어?

고관들, 웃는다.

선향   죄송합니다. 잘못 찾아오신 것 같습니다. 접대를 원하신다
          면 삼패기생들의 거처로 가시지요. 그럼 저는 일어나보겠
          습니다. (기생들에게) 얘들아. 손님들 가신다. 배웅해드려라.

          선향, 나가려는 찰나, 무카시 선향의 손을 잡는다.

무카시   (살벌하게) 이봐, 당신이 그렇게 가면, 내 체면이 뭐가 되나?
선향   하오나, 말씀드렸다시피 저희는 삼패기생이 아니옵니다.
무카시   그래서 보고 싶은 거야. 네들이 말하는 그 규칙, 나는 깰
          수 있는 것 아닌가. 나라면 그 정도는 깨지는 것 아닌가.
고관1   맞습니다. 대일본제국의 경시님께 조선땅의 규칙은 규칙
          이 될 수 없습니다. 그것도 천한 기생들의 규칙을 적용한
          다니, 가당치 않습니다. (선향에게) 그래, 그깟 존심, 그깟 신
          념, 그거 한 번 버려봐. 앞으로 이 땅에서 누구보다 배불리
          먹고 살 테니까. 어때?

          혼돈이 이는 기생들의 표정.
          하지만, 선향 이내 결심하며.

선향   못 들은 걸로 하겠습니다.

          선향, 뒤돌아 나가는 찰나.

무카시 한 걸음만 더 걸어봐. 그 길에 당신과 이 월화장의 운명이 갈릴 테니까.

선향 춤을 추라면 추겠고, 노래를 하라면 노래를 하겠으며, 더 나은 무대를 보고 싶다면, 얼마든지 보여드릴 수 있습니다. 하지만 우리의 신념을 거스르는 일은 할 수 없습니다. 그것은 우리가 우리 존재를 부정하는 것이기 때문입니다. 죄송합니다.

선향, 한 걸음을 내딛으려는 찰나.

무카시 그 한 걸음은, 앞으로 네들의 배를 굶게 할 한 걸음이 될 거야.

선향 상관없습니다.

무카시 그 한 걸음은, 앞으로 무대에 설 기회를 전부 날릴 한 걸음이 될 거야.

선향 상관없습니다.

무카시 그 한 걸음은! 영영 우리를 적으로 만들게 될 한 걸음이 될 거야.

선향 상관없습니다.

무카시 우리를 적으로 만드는 게 뭔 줄 알아? 앞으로 우리가 이 땅의 주인이 될 텐데, 주인에게 선택받는 기회를 포기하는 것도 모자라, 주인에게 버려지게 된다는 거야. 그게 뭔 줄 알아? 이 땅에서 인생이 끝나는 거라고. 그걸 원해?

기생들, 겁을 먹은 듯 혼란스러워하는 표정이 이어진다.

선향, 기생들의 표정을 다시 살펴본다.

고뇌하는 선향, 그러나, 잠시 후 입술을 질끈 깨물며 한 걸음을 내딛는다.

선향　　상관없습니다.

선향, 한 걸음을 내딛자 무카시, 깔깔 웃으며 일어난다.

무카시의 웃음에 살벌한 침묵이 오가는 사이.

무카시　어차피 조선은 곧 일본한테 나라가 통째로 팔리게 될 텐데, 그때 네들은 뭐가 될까? 조선 사람들은 우리들을 모두 주인으로 모셔야 할 거라고. 방금 네가 걸은 그 한 걸음은, 우리에게 선택받을 수 있는 그 기회를 날려버린 한 걸음이야. 각오해. 그때가 되면, 이 기방은 모두 쑥대밭이 될 거니까. (고관들에게) 갑시다. 새 시대를 위해서!

고관들, 일어난다.

그렇게 무카시 나가려는 찰나,

무카시, 돌아서며 옷 안주머니에서 비녀를 꺼낸다.

무카시　아, 어쩌면 생각할 시간이 필요할 수도 있겠지. 내 마지막 기회를 줄게. 이건, 대일본제국의 우리 가문에서 하녀를 상징하는 '비녀'인데, 보통 하녀가 주인을 모실 때 하사받는 증표지. 만약, 마음이 변한다면 이걸 끼고 내 거처로 와. 내일 자정까지. 만약, 내일 자정까지 소식이 없다면, 앞날을 기대해보라고. (사이) 갑시다.

고관2, 무카시의 거처를 초희에게 귓속말로 알려준다.
무카시가 나가자 고관들 모두 퇴장한다.

선향, 비녀를 든 채 손을 부들부들 떤다.
기생들, 걱정스레 선향을 바라본다.
초희 선향에게 다가오며.

초희   어떻게 하시겠습니까… 행수님.

초희의 말에 모두 행수의 대답을 궁금해 하듯, 선향의 앞으로 모인다.
선향, 무슨 말을 하려고 하는 찰나. 이내 마음을 굳히며

선향   밤공기가 차다. 모두 들어가 쉬도록.

선향, 퇴장.
기생들, 선향이 나간 뒷모습을 씁쓸하게 바라본다.

5장. 고독의 춤

다음 날 새벽.

선향, 기방에서 고민에 빠진 채 춤을 추고 있다.

마치 그 춤은 자기에게 채찍질하듯, 자신의 한계에 계속 충동질
하는 힘겨운 몸짓이다. 선향, 답답함과 분통함이 넘치듯, 춤도 점
점 과격해지다가 이내 절정에 이르자 지쳐 털썩 쓰러진다.

그러자 밖에서 지켜보던 초희 걱정하듯, 달려 들어오며

초희　　행수님! 그만하시지요. 쉬셔야 합니다.

선향　　(울며) 언니. 나 뭐가 뭔지 모르겠어.

초희　　행수님….

선향　　정말 내가 생각한 게 맞는 걸까. 나 때문에 모두 힘들어질
　　　　　텐데,

초희　　그런 생각 마시지요. 행수님의 선택은 우리의 영혼을 지
　　　　　킨 겁니다.

선향　　하지만, 우리의 몸은? 지금 당장 우리의 앞길은? 행수라
　　　　　면, 모두를 지켜야 하는데, 앞길조차 지키지 못했는데 어
　　　　　떻게 내가 행수야?

초희　　아닙니다. 행수님은 월화장의 30년의 정신을 지킨 것이
　　　　　며, 우리 일패기생의 최후의 자존심을 지킨 것입니다.

선향　　그게 뭐가 중요해! 내 선택에 당장 오늘을 살기 힘들어졌

는데. (울음이 더 터져 나오며) 다 내 잘못이야. 다 내 잘못이야. 나 행수 못해. 이제 행수 자리에 설 자격이 없어… 언니, 언니가 대신 행수자리를 맡아줘. 제발!

그러자 초희, 선향의 뺨을 때린다.

선향   어… 언니….

초희   정신 차려. 행수가 한 선택은, 우린 모두 따라. 우리 모두는 네 선택에 한 마디의 반박 없이 널 따른다고. 근데 선택은 네가 하고서 이제는 자신이 한 선택이 겁나서 도망가겠다고? 애처럼 굴지 마! 너의 그 자리는 30년간 이어져 온 우리의 신념이야! 몸이 썩어 문드러져도 우린 우리의 신념을 위해 살아. 네가 앉은 그 자리는! 우리의 신념의 상징이라고!

선향   (하염없이 울며) 하지만… 나 때문에 모두가 힘들어질 텐데….

초희   (선향의 어깨를 잡고 두 눈을 응시하며) 대신 우리의 정신은 더 위대해지는 거야.

선향   배를 굶게 될지도 모르고, 무대에 서기 힘들어질지도 모르는데?

초희   그 말은 가짜들에게 해당되는 말이야.

선향   … 뭐?

초희   우린 진짜잖아. 너 우리가 살 길이 뭐랬어? 우리가 살 길은! 사람들 뇌리에 박혀 잊을 수 없는 예술을 남기는 것, 무희가 되는 것 아니었어? 그게 진짜가 되는 길이라고 했잖아. 진짜가 되면, 사람들은 우리를 찾아. 그 어떤 환경에서라도! 우리를 찾는다고. 진짜를 본 그들은, 우리를 잊으려야 잊을 수가 없으니까.

선향 ….

초희 너의 선택은 우리를 진짜이게 만든 거야. 우리를 진짜가 되게 만든 거라고.

선향 언니….

초희 그러니까 우리는 걱정 마. 너의 선택은 모두 맞으니까.

초희, 선향을 안아준다.
선향, 꺼이꺼이 운다.

초희 잘 했어. 선향아….

선향 언니. 나 보여줄게. 이 땅에서. 우리가 진짜 무희로 대접받는 그 날을, 만들게. 진짜로!

초희 믿어요. 행수님….

선향, 초희 서로 꼭 안는다.
무대 어두워지며 선향의 울음소리도 잦아든다.

6장. 비녀

저잣거리.
선향은 앞으로 어떻게 살 방법을 궁리하듯 거리를 거닐고 있다.
그러다가 분에 사무쳐 무카시에게 받은 비녀를 꺼내는 선향.

선향　이 비녀는, 굴욕이야… 갖다 버려도 모자랄… 찢어버릴…
　　　굴욕이야.

그러다가 거리에서 전단을 뿌리는 사람들.
그리고 그 뒤로 나오는 성돈과 기택, 그리고 유화.

사람1　보시오, 보시오!
사람2　보시오. 보시오. 나라 살릴 언사를 들으실 분들은 어서 어
　　　서 모이시오!

사람1,2의 말에 사람들 몰리면 성돈, 앞으로 나와 말을 한다.

성돈　우리가 밟고 있는 이 땅이, 천삼백만 원이라는 빚 때문에
　　　왜놈들에게 팔릴 지경이라는 말 다들 아시오?

성돈의 말에 동의하듯 수그러지는 사람들의 반응.

그러자 선향도 그 남자의 말에 주의집중하기 시작한다.

성돈 여러분들도 알다시피, 그건 지금 이대로라면 변함없는 사실이오. 하지만 우리는 그것을 바꿀 미래를 만들기 위해 지금 이렇게 나왔소.

행인1 네? 그 방법이 있단 말입니까?

성돈 그렇소. 그래서 우린 보름 전부터 이 지역 전체를 돌며 그 방법을 알리며 몸소 실행하고 있소.

행인2 그 방법은 무엇입니까?

성돈 그 방법은! 우리 모두가 하나가 되는 것이오. 바로 우리 2천만 인민 모두가 한 사람당 매달 20전씩 거둔다면, 3개월이면 나라 빚을 갚을 수 있소!

행인1 하지만 그게 가능합니까….

성돈 그게 가능하지 않으면, 우리는 지금처럼 이 땅에서 왜놈들의 횡포를 계속 지켜보게 될 거요! 그걸 원하십니까.

선향, 성돈의 말을 유심히 듣는다.

행인2 하지만, 마음 같아선 내고 싶어도 당장 낼 돈이 없으면 어떡합니까.

성돈, 잠시 말문이 막히자 지켜보는 사람들도 고개를 갸웃하는 등 망설이는 모습이 이어진다. 그러자 유화가 앞으로 나선다.

유화   지금 당장 돈이 없어도 됩니다. 여러분들이 갖고 있는 모
      든 것이 돈이 될 것이니까요. 하다못해 집 안에 있는 작은
      장식들이라도 기부해주시면 우리가 그것을 팔아 돈을 마
      련하겠습니다. 그리고 그 돈은 이 땅을 지킬 우리의 힘이
      될 것입니다. 여러분들의 관심에 이 땅의 미래가 달렸습
      니다.

      그의 말에 조금씩 설득되는 사람들.

행인3   하지만… 진짜 모두가 나설까?
행인2   그러게. 나서기만 한다면 가능할 것 같은데….

      '유화', 행인들의 걱정이 이는 낌새를 눈치채자,

유화   지금 여러분들이 나선다면, 여러분들을 보고 또 다른 사
      람들이 모일 것이며, 그들을 보고 더 많은 사람들이 모일
      것입니다. 지금 여러분들의 행동은 전국의 모든 사람들이
      나설 한 계기가 될 것입니다. 우리도 보름 동안 이 지역 전
      체를 돌면서, 하루하루마다 놀라는 것은 생각 이상으로,
      많은 사람들이 나서고 있다는 겁니다. 그래서 이제! 이 지
      역의 중심에 계신 여러분들이 나서준다면, 지금 우리의
      운동은 여기 대구를 시작으로 전국적으로 퍼져나갈 것입
      니다. 그러면 3개월 안에 이 땅에서 왜놈들을 모두 몰아낼

수 있습니다. 이 땅을 지키기 위해, 우리를 지키기 위해, 여러분들의 자식을 지키기 위해, 미래의 주역이 되어주십시오!

유화의 말에 사람들의 열화와 같은 환호 이어진다.
성돈과 기택은 그의 연설에 놀란다.
또한, 유화의 연설에 선향은 강한 끌림을 느낀 듯 용기를 얻은 표정이 이어진다.
그리고 사람들의 환호에 힘입어 '기택'이 앞으로 나온다.

기택   자! 우리가 이 땅을 살립시다. 작은 금액이라도 도와주실 수 있다면, 큰 힘이 됩니다. 지금 그 의지를 갖고 계신 분들이 계신다면, 나와주십―

이때, 선향, 기택의 말이 끝나기 무섭게 결심한 듯 앞으로 나서며 소리친다.

선향   이 비녀를! 팔겠습니다!

사람들, 모두 놀란다.
더군다나 사람들은, 선향이 '여자'라 더 놀란다.

행인3   여, 여자가?

행인4   말도 안 돼… 어떻게….

성돈, 기택과 유화도 놀람의 기색을 감추지 못한다.

성돈   (선향에게) 정말 그 비녀를 판다는 말입니까?

선향   네. 맞습니다.

기택   진심이신지요?

선향   네. 진심입니다.

선향의 말에 점점 놀라는 사람들.

유화   하지만 그 '비녀'를 보니 값도 꽤나 나가는 귀한 물건인 것 같은데, 혹시 이유를 물어봐도 되겠습니까?

선향   이 비녀는 저에겐 금이 아니라 그저 쓰레기에 불과합니다. 일본 고관들 앞에서 춤을 춰서 얻은 정당한 보수 대신, 접대를 하라며 내던져진 비녀에 불과하거든요. 그래서 전 이 비녀를 꽂지 않았습니다. 이 비녀를 꽂는 것은 그들을 주인으로 받들겠다는 의미나 다름없기 때문입니다. 그래서 저는 그들의 개가 되라던 이 비녀를 도리어 그들을 이 땅에서 쫓아내는 데에 쓰고자 이 결심을 했습니다. 이 비녀는 그들을 이 땅에서 쫓아낼 저의 작은 결심이자 행동이며 저를 기생이 아닌, 무희로 살게 하는 증명입니다. 그러니, 이 비녀를 받아주십시오.

모두 선향의 행동에 놀라며 말을 잇지 못한다.

유화 또한 선향의 말에 매료된 듯, 그 비녀를 조심히 받는다.

유화　　… 감사합니다. 그리고 존경합니다. 당신의 말에 제 가
　　　　슴이 따뜻해지고 있습니다. 저뿐만이 아니라 여기 있는
　　　　모두의 마음이 당신의 말에 따뜻해지고 있을 겁니다.
　　　　그래서 그런데 혹시 당신은 누구이신지 말해줄 수 있
　　　　겠습니까.

선향　　저… 저, 저는.

선향, 말을 머뭇거리던 이때, 유화를 포함한 이 자리에 있는 모두
가 자신을 바라보고 있는 것을 느낀다. 그러자 무언가 마음이 요
동치듯 결심하며

선향　　월화장 행수 선향이라고 합니다.

사람들, 월화장 행수라는 말에 놀라며,

행인1　　월화장이래?
행인2　　조선 최고의 일패기생들이 있다는 그 월화장?
행인1　　그런가봐.
선향　　그렇게 놀라실 것 없습니다. 우리는 우리 스스로 예술에

목숨을 건, 무대에 목숨을 건, 우리 스스로 무희라고 말하는 일패기생들입니다. 그런 우리에게 일본 고관들은 우리의 무대를 빼앗겠다고 했습니다. 그것은 우리의 존재 이유 자체가 없어지는 것과 다를 바 없습니다. 그래서 저는, 우리의 무대를 지키고자 이런 행동을 한 것입니다. 그럼 이만.

선향, 퇴장한다.
선향이 나가는 뒷모습에 넋을 빼앗긴 사람들.
그리고 선향이 나간 곳을 지긋이 바라보는 유화.

그러자 이 모습을 보고 있던 여자들이 갑자기 앞으로 나선다.

여자1 저, 저도! 이 반지를 팔겠습니다!
여자2 저는 이 귀걸이를 내놓겠습니다.
여자3 저는! 이 머리빗을 팔겠습니다.

하나둘 나서는 여자들의 모습에 놀라며 웅성웅성거리는 사람들.
이 현장을 보며 점점 놀라는 성돈과 기택, 그리고 유화의 모습.
무대 어두워진다.

7장. 의문의 남자

보름 후, 낮. 월화장.
기생들, 선향의 지시에 가무 연습을 하고 있다가,
선향의 지시에 멈추는 기생들.

선향 악기 소리를 듣지 말고 느껴. 악기 소리를 들으면서 움직
이다간 음악과 몸이 하나가 될 수 없어. 음악과 몸이 하나
가 되는 순간이어야만, 예술이 탄생 돼. 우린 그 예술을 보
여줘야 기생을 넘어서는 무희가 될 수 있어. 모두, 다시!

기생들, 이번엔 아까보다 훨씬 깔끔하고 풍성하게 춤을 춘다.
춤이 절정에 이르러 끝나자 선향이 말을 하려는 찰나, 뒤에서 들
리는 박수소리.
모두 박수소리가 들리는 곳으로 돌아보면 유화가 등장한다.

유화 멋집니다! 아주 멋집니다! 역시 최고의 기생, 아니 기생을
넘어서는 무희분들이군요!
선향 다… 당신은?
유화 어제 인사드렸는데, 이름을 말씀 못 드렸군요. 한유화라고
합니다.
선향 네, 안녕하세요. 근데 무슨 일로 오셨지요?

유화   음… 여기 계신 분들을 대중들에게 알릴 기회를 만들어드
       리기 위해서입니다.

선향   무슨 소립니까. 농담은 거둬주시지요.

유화   농담이라뇨, 진심입니다.

선향   네?

기생들, 놀란다.

유화   여기 계신 분들은, 보름 전 행수님께서 세상을 놀라게 한
       일을 알고 계십니까.

초희   행수님께서 세상을 놀라게 했다고요?

기생1   정말입니까.

유화   네. 그렇습니다. 선향 행수님께서는 보름 전에 일본 고관
       한테 받은 비녀를 나라를 구하는 데 쓰셨습니다. 고작 비
       녀라고 보일 수 있겠지만, 행수님의 이 행동은 바로, 우리
       의 '국채보상운동'에 귀감이 되어 수많은 여성인사들을
       나서게 하는 원동력이 되었습니다.

초희   정말입니까. 우리 행수님이 그런 일을 했다고요?

유화   그뿐만이 아닙니다. 이미 여러분들과 같은 삶을 사는, 여
       러 기방에서도 선향행수님의 행동에 용기를 얻고, 왜놈들
       로부터 이 땅을 구하는 우리의 운동에 적극 나서고 있습
       니다. 어제는 교방의 기생 앵무께서도 집 한 채에 버금가
       는 거액을 기부하셨습니다.

'기생 앵무'라는 말에 놀라는 기생들.

유화　　이 모든 것이 선향 행수님의 행동으로 시작되었습니다.

그러자, 기생들 열화와 같은 환호가 터져 나온다.

선향　　마… 말도 안 돼요. 어떻게… 제가….

유화　　그 말도 안 되는 것을 당신께서는 이루신 것입니다. 그래서 말인데, 이미 저희 운동 조직은 전국적으로 확대되었습니다. (품속에서 신문을 꺼내 보여주며) 이미 여러분들도 잘 아는 인사 중 한 분인 정경주 여사께서도 연설운동을 하고 있습니다.

'정경주 여사'라는 말에 또 한 번 놀라는 기생들.

유화　　그래서 제가, 이 운동을 전국적으로 확장시키기 위해서, 선향 행수님을 여성연설의 장에 초대를 하고 싶습니다.

또 한 번 환호하는 기생들.

유화　　그 자리에 나서서 행수님께서 연설을 해주신다면, 행수님께서 말씀하셨던 일본으로부터 우리나라를 구할 수 있게 될 겁니다. 이 운동의 씨앗을 뿌려주신 주역이시니, 이제 얼굴을 드러내어 함께 해주시기를 간곡히 부탁드립니다.
행수님. 연설을 해주시겠습니까.

모두 선향의 대답을 기다리고 있는 채, 긴장하는 사이 선향, 잠시
고민하다가 입을 연다.

선향　　아뇨.

놀라는 기생들.

기생1　　지, 진짜인가요?
기생2　　행수님. 진짜예요?
선향　　그렇다. 내 뜻은 변함없다.

기생들. 입을 다물며.

유화　　저… 정말입니까.
선향　　그렇습니다.
유화　　이 운동의 주역이 되실 텐데, 왜 그것을 마다하십니까.
선향　　우리는 정치가도 아닌, 운동가도 아닌, 그저 일패기생인
　　　　　무희일 뿐입니다.
유화　　하, 하지만.
선향　　연설이라뇨, 어찌 제가 이 사회를 대변하는 그런 말을 할

수 있겠습니까. 가당치 않으며, 할 수 있어도 거부하겠습니다.

유화   하지만 이 연설로 당신께서 알려지면, 이 기방 사람들의 삶 역시도 보상을 받을 것입니다.

선향   저는 무희입니다. 연설로 얼굴을 알리고, 이름을 알리는 것은 우리에게는 중요하지 않습니다. 진짜 우리의 모습을 거부한 가짜의 삶이기 때문입니다. 당신이 말한 그런 이유라면, 영영 무명의 삶을 택하겠습니다. 제 뜻은 변함없으니 그렇게 알아주십쇼.

유화   알겠습니다… 제가 잘못 찾아왔나보군요. (사이) 그럼… 안녕히 계십시오.

유화, 뒤돌아 나가려는 찰나.

선향   하지만, 춤이라면 가능합니다.

유화   (돌아서며) 네?

선향   무대를 잃어버린 우리에게는, 그것만이 우리를 살게 하기 때문입니다.

유화   ….

선향   왜놈들을 몰아내는 것에도 동의합니다. 이 땅을 지키는 것에도 동의합니다. 그것은 우리의 무대를 지키는 것이니까요. 단 우리의 방법으로 하면 안 되겠습니까.

유화   어떻게 하면 되겠습니까?

선향 무대를 만들어주십시오. 사람들 모으는 데는 가무만한 것
이 없지 않습니까.

기생들 모두 놀라며 선향과 유화 서로를 바라본 채, 무대 천천히
어두워진다.

8장. 격변

세 달 후.

은밀한 사무실.

일본고관들, 긴장한 채 무카시의 말을 기다리고 있다.

무카시   그게 말이 됩니까. 벌써 백만 원이나 갚았다고요!

고관1   네, 맞습니다. 이미 조선에서는 남성들뿐만이 아니라 여성들까지 빚을 갚는 데에 나서고 있습니다.

무카시   여성들까지요? 어찌 그럴 수 있습니까.

고관1   잘은 모르겠습니다. 하지만 이것은 명백한 사실입니다. 여성들 중에서도 대중에게 익히 알려진 여러 사회운동가들까지 나서며 많은 여성들에게 운동의 의지를 전파하고 있습니다.

무카시   만약, 그렇게 된다면, 그 빚을 갚는 데는 어느 정도 걸릴 것 같습니까.

고관1   약 한 달 반 정도면 끝날 것 같습니다.

살벌한 침묵.

이어지는 사이.

무카시   근데 지금 다들 이러고 있는 겁니까.

고관들　죄송합니다.

무카시　왜 이렇게 되었습니까.

고관들　죄송합니다.

무카시　왜 이렇게 되었냐고 물었습니다.

고관들　죄송합니다.

무카시　왜 이 지경까지 되었냐고 물었습니다!

고관들　죄송합니다.

무카시　언제까지 그렇게 고개를 쳐 내리고 있을 겁니까. 이 지경까지 되었으면 해결책이라도 찾아와야 되는 것 아닙니까. 해결책이 아니더라도 무언가 이 지경까지 오게 된 근원 정도는 알아야 하는 것 아닙니까. 이거 못 막으면 우리 모가지 날아갑니다. 우리가 우리 땅에서 쫓겨날 수도 있습니다. 그런데 왜 이렇게 되었습니까. 왜!

무카시의 말에 다들 기가 죽은 듯 침묵이 이어진다.
그러다가 고관들 중 한 명이 조심스레 말문을 연다.

고관2　저 실은… 보고 받은 게 하나 있는데요.

무카시　보고라뇨, 뭡니까.

고관2　그… 그게, 그 운동조직에서 일부 기생들이 화려한 가무를 선보이며 사람들의 이목을 끌어당기고 있는 것 같다고 합니다. 그것 때문에 수많은 사람들이 몰리게 된 것은 아닐까 생각됩니다만…

무카시   뭐라고요?

놀란 채 입을 다물지 못하는 무카시.

9장. 도약

악기연주소리 들리며 등장하는 선향과 기생들. 그리고 이들은 악기 소리에 맞게 부채춤을 춘다. 화려하고도 경쾌한 부채춤.
이 춤을 보고 있는 사람들은 하나둘씩 몰린다.

행인4   저기 봐 저기!

아이   엄마, 예뻐, 저 언니들 너무 예뻐.

다른 일행들도 몰리며.

행인5   이 사람, 눈 빠지겠네, 빠지겠어.

행인6   그야 엄청나잖아. 저 사람들, 뭐하는 분들이지?

행인5   기생 아닐까?

행인6   기생이 저런 춤을 춘다고? 저건 완전 예술이잖아. 말도 안 돼.

한 편, 다른 일행도 이 현장을 보며.

소년   아빠, 이 운동이 무슨 운동이길래 저 누나들이 저렇게 춤을 추는 거야?

행인7   우리나라를 구하는 운동이야.

소년   우리나라를? 그럼, 저 누나들은 엄청난 일을 하고 있는 거네.

행인7   그, 그런가? 그렇겠네.

수많은 사람들은 이들의 춤에 매료된 듯, 넋 놓고 바라본다.
또한, 유화도 선향에게 눈을 떼지 못한다.
어느새 춤이 끝나자 열화와 같은 박수와 환호가 터져 나온다.
그러자, 선향과 기생들은 정중히 인사를 올리며 퇴장하고는 서성돈과 양기택이 나온다.

서성돈   이렇게 찾아주셔서 진심으로 감사드립니다. 이곳으로부터 시작한 우리의 움직임은 이제 전국적으로 퍼져나가고 있으며, 전 지역 곳곳에서도 사람들이 돈을 내는 것도 모자라, 일본의 물품들을 사지 않으며, 그들의 주요 수익인 담배 역시도 사들이지 않고 끊고 있는 추세입니다. 이런 우리의 움직임은 머지않아 우리의 땅을, 우리의 힘으로 지켜 내게 될 것입니다. 그것은 바로 지금 이 순간부터 시작될 겁니다. 여러분들의 작은 관심이 이 나라를 지킵니다. 지킵시다. 이 땅을, 우리나라를!

양기택   모두 지킵시다. 이 땅을, 우리나라를!

쏟아지는 사람들의 함성.

10장. 담화

국채보상운동 현장을 벗어난 어느 곳.

연설이 이어지는 와중, 외딴 곳에서 선향과 기생들 편안히 쉬고
있는 찰나. 이때 유화, 등장하자 깜짝 놀라는 기생들.

초희   어머, 어제 그 신사님이잖아.

기생1   맞아요, 맞아. 어쩜 저리도 고우실까.

기생2   그런 말 마. 이미 임자가 있는 것 같으니.

기생1   임자, 누구?

초희   글쎄다. 내가 보기엔 마음속에 임자가 있는 것 같은데.

유화, 이들에게 다가오며.

유화   아, 잠깐 행수님과 담소를 나누고 싶어 이렇게 찾아왔습
         니다.

선향   (놀라며) 저, 저랑요?

그러자 초희와 기생들, 키득키득 거리며 자리를 비켜준다.

초희   저희는 이만 자리를 비켜드리겠습니다. 행수님과 좋은 시
         간 보내시지요.

선향 초, 초희야. 여기 있어도 된다, 여기 있어도….

초희 아니옵니다. 저희도 마침 바람을 쐬고 싶어서요. (기생들에게) 그럼 애들아. 가자.

기생들 네.

초희, 기생들을 데리고 퇴장.

둘이 남는다.

선향 … 무슨 일이신지요?

유화 고맙다는 말을 드리고 싶어서요.

선향 고맙다뇨, 당치 않습니다. 저도 분해서 하는 건데요.

유화 그래도 대단한 걸요. 월화장분들 덕분에, 수많은 사람들이 우리에게 몰리며, 이 운동에 참여하고 있습니다. 확실히 사람들을 모으는 데는 가무만한 것이 없더군요. 역시 이 나라 최고의 기생분들이십니다. 아, 아니 무, 무희님들이라고 해야 할까요?

선향 편하게 기생이라고 부르셔도 됩니다.

유화 하지만.

선향 기생이 맞지요. 이 사회에서는. 그리고 뭐라고 불리든 간에, 저희는 저희의 가무를 보고, 보이는 대로 불리기를 원합니다. 그래서 기예가 아닌, 다른 무언가로 치장된 모습을 보고 둔갑되어 알려지는 것을 거부하는 것입니다.

유화 그래서 연설을 거부한 거군요.

선향   네. 우리는 우리의 몸으로 세상과 이야기하는 사람이지, 다른 어떤 것으로 변질되어서는 안 된다고 봅니다. 그래서 우리의 몸짓은 그 어떤 말로 대체해서 표현되어서도 안 됩니다. 우리의 몸짓을 보고 진실로 느끼는 것만이 우리가 진짜라는 것을 증명하는 것이기 때문입니다. 그래서 우리의 몸짓이 '진짜'라는 것을 알면, 세상 사람들은 언젠가 우리를 다르게 부르겠지요. 그때야말로 진짜 무희가 되는 것이니, 아직은 일패기생에 불과합니다. 그러니까 당신도 당신이 느껴지는 대로 우리를 부르면 됩니다.

유화   항상 느끼고 있는 거지만, 행수님께서는 나이에 맞지 않게 심지가 굉장히 올곧군요. 대체 그 강한 신념은 어디서 오는 겁니까.

선향   이 자리는, 제 나이가 아니라 30년의 우리의 정신이 스며 있는 자리이기 때문입니다. 그리고 저 또한, 이 정신을 지키는 것을 누구보다도 원하고요.

유화   혹시 그 이유를 물어봐도 되겠습니까?

선향   ….

침묵이 이는 사이.

유화   죄송합니다. 제가 몇 번 뵙지도 않았는데 이런 사적인 질문을 드려요. 방금 질문은 못 들은 걸로 해주십시오. 이런 신념을 가지신 분은 처음인지라, 너무 아름다워서 저도 그만, 생각보다 먼저 말이….

선향, 아름답다는 말에 당황하며.

선향   (놀라며) 네?
유화   뭐, 뭐가… 요?
선향   아, 아름답다고요?

유화, 선향의 말에 자신이 아름답다고 말한 것을 깨달으며.

유화   (당황하며) 아, 그, 그건, 다, 당신의 춤이. 아, 아니….

유화, 무슨 말을 하려는 찰나.
선향, 부끄러워 일어나며.

선향   일어나보겠습니다.

선향, 황급히 일어서는 찰나, 발을 삐끗거리며 넘어지는 찰나, 유화가 잡아준다.
우연치 않게 서로 바라보고 있게 된 선향과 유화.
그러자 얼굴이 붉어지는 선향. 그리고 그 모습을 보며 얼굴이 붉어지는 유화.

유화   죄, 죄송합니다. 저도 모르게.

선향   아, 아니에요.

유화   오늘 계속 실례를 범하는군요. 죄송합니다.

선향   가, 가보겠습니다.

선향, 돌아서 나가다가 유화가 신경 쓰이는 듯 멈춰 서서 뒤돌아본다.

선향의 가는 길을 보고 있는 유화.

그러자 선향, 멀리서나마 유화에게 큰소리로 말한다.

선향   엄마 때문이에요.

유화   네?

선향   이 정신을 갖게 된 건 엄마 때문이라고요. 그럼 가볼게요.

선향, 황급히 말하고 다시 돌아서 나가는 찰나.

이번엔 유화가 용기 내어 크게 말한다.

유화   아름답다고요.

선향   네, 뭐가요?

유화   당신의 모든 것이.

이어지는 침묵.

그리고 서로를 바라보는 둘.

선향, 이내 부끄러운 듯 돌아서며 나간다.

유화 조심히! 조심히 들어가세요! 선향 씨!

선향에게 반한 듯 그녀의 뒷모습을 한참을 바라보고 있는 유화.
이내 미소를 짓는다.

11장. 경시의 눈

보름 후.

무카시의 회의실.

무카시, 고관1이 갖고 온 서류를 보고 있다.

무카시 완전히, 농락당했구먼. 완전히 농락당했어. 그러니까 운동 조직에서 춤추며 사람들을 끌어 모으고 있는 년이 그 월 화장의 행수 계집이라는 거지?

고관1 네, 맞습니다.

무카시 진짜 이 땅의 주인이 우리가 되면, 어떻게 살아갈지 아주 아주 기대가 되는구먼. 아주아주!

고관1 이제 어떻게 할까요?

무카시, 칼을 빼내더니, 뱀처럼 쏘아본다.

무카시 조선땅 인민들은 조금의 바람에도 휘날리는 팔랑귀를 가진 사람들인 거 보니, 소문을 만들자고.

고관1 소문이라면?

무카시 그 국채보상운동인가 머시기하는 그 운동의 조직원들이 돈을 빼돌리고 있다고. 없는 것들이 피땀 흘려 모은 돈을 지들 사리사욕을 채우는 데 쓰고 있다면 어떨 것

같나? 완전히 돌아버릴 거야. 그럼 그 조직은 쑥대밭이 되는 거고.

고관1 사람들이 소문을 믿… 믿을까요?

무카시 한 번 해봐. 원래 진실은 의심으로 깨지는 거니까.

고관1 하지만 도리어 저항이 거세지면 어떻게 할까요?

무카시 철저히 진실을 외치는 사람들은 쥐도 새도 모르게 잡아 족치라고. 그러면 의심하는 자들이 더욱 많아질 것이고 진실을 말하는 자들은 더욱 없어지겠지. 다수가 말하는 게 진실이 될 거야.

고관1 (섬뜩해하며) 아, 알겠습니다.

무카시 그리고 기왕 소문내는 거 하나만 더 추가하자고. 내 한 번 당한 것은 무조건 갚아줘야 되거든.

고관1 뭡니까.

무카시 백성들이 피땀 흘려 번 돈을, 운동조직이 빼돌린다, 그리고 기생들이 거리에서 춤을 춘다. 돈을 모으기 위해. 왜일까? 그 다음은 잘 엮어보라고.

고관1 알겠습니다.

무카시 그럼 움직여.

고관1 네!

고관1 퇴장.

무카시 지켜보라고. 이 땅의 하찮은 것들아. 개가 주인을 거부하려 한 그 대가를!

이어지는 천둥소리.

12장. 소문. 돌이킬 수 없는.

거리에서 민간인으로 변장한 요원들이 등장하여 전단을 뿌린다.
전단을 뿌리자 몰려드는 사람들.
전단이 뿌려지며 '한 달'이라는 시간의 경과가 표현된다.

요원1　　호외[1]요, 호외! 국채보상운동의 조직원들이 돈을 빼돌린다!

요원2　　호외요, 호외! 백성들이 피땀 흘려 모은 돈! 그 돈은 행방불명!

요원3　　호외요, 호외! 백성들에게 모은 성금을 기생들과 노니는 운동조직원들!

사람들, 이 전단을 보자 혼란스러워 하는 모습이 펼쳐진다.

사람1　　뭐라고? 우리가 모은 돈이 그런데 쓰인다고?
사람2　　설마….
사람3　　아냐, 어쩐지 맨날 운동할 때마다 기생 같은 애들이 활보한다 했어. 내 이것들을 정말!

---

1) 특별한 일이 있을 때에 임시로 발행하는 신문이나 잡지.

혼란스러워 하는 사람들의 모습을 보자 더 거세게 전단을 뿌리는
요원들.

이때, 선향 등장하여 땅에 떨어진 이 전단을 줍는다.

그러자 전단 내용을 보고 기겁하듯 놀라는 선향.

선향　　말도 안 돼….

요원4　　호외요, 호외! 나라의 백성들에게 사기를 펼친 운동조직
원들의 심판은 누가 하나!

점점 더 거세게 반응하는 사람들.

사람4　　이런 개 같은 것들. 감히 우리를 속여!

사람5　　용서 못해! 그 돈이 어떤 돈인데!

선향　　설마….

요원5　　호외요, 호외! 백성들의 심판이 없을 거라 믿는 거만한 운
동조직원들!

요원6　　자신들이 백성 위에 있다고 생각하는 운동조직원들!

선향　　안 돼….

사람5	일어섭시다. 우리가 들고 일어서서! 그 운동조직원놈들 심판합시다!
사람6	맞습니다. 우리가 심판해야 합니다. 모두 일어섭시다. 모두!
요원들	호외요, 호외!
사람4	맞습니다. 우리가 심판합시다!
요원들	호외요! 호외!
사람3	우리가 심판합시다.
사람2	맞습니다! 우리가 심판해야 합니다.
사람1	지금 당장 우리가 심판합시다.
요원들	호외요 호외!

이 믿을 수 없는 광경을 보고는 충격에 휩싸인 듯, 퇴장하는 선향.

전단이 무대에 마구잡이로 뿌려지며 혼란이 극에 달하는 사람들의 모습과 점점 더 커지는 요원들의 목소리. 그러다가 이들의 목소리가 절정에 이르면! 무대 어느 한 공간 밝아지고 죄수복을 입은 채 끌려 나오는 양기택.

기택　　돈을 가로챘다니! 당치 않습니다! 우리는 명백합니다. 이
　　　　것은 모함입니다! 제 말이 진실입니다. 제발 진실을 봐주
　　　　십시오. 이 모든 것은 왜놈들의 계책입니다. 여기서 그들
　　　　의 계책에 넘어가면, 그들이 이 땅에 더 깊숙이 들어올 것
　　　　입니다. 그걸 원합니까, 그러니까 제발 제 말을 들어주십
　　　　시오!

요원들　호외요 호외!
사람들　심판합시다. 심판합시다!
사람1　우리를 속인 놈들, 모두 심판해야만 합니다!
사람들　심판합시다, 심판합시다!

　　　　하지만, 기택의 말에도 불구하고 요원들의 목소리와 사람들의 목
　　　　소리가 무대를 가득 채우며, 무대 어두워진다.

14장. 선택의 기로

인적이 드문 은밀한 곳에 있는 사무실에 있는 성돈과 유화.

유화   잠시 몸을 피하셔야 합니다. 선생님께서 지금 나서다간, 기택 선생님처럼 세상이 말하는 거짓에 목숨을 위협받을 것입니다.

성돈   하지만 아직, 포기해선 안 돼.

유화   압니다, 그러니까 훗날을 기약해야 합니다. 지금으로는 폭풍처럼 밀어닥치는 이 기세를 막을 순 없습니다. 사람들은 무언가에 홀린 마냥, 이 운동을 했던 우리가 진실을 외쳐도, 듣지도 않은 채, 처단하는데 더 기를 쓰고 있습니다. 마치 그들의 분노는 용광로처럼 뜨거워져서, 자칫 잘못 막다간 우리의 훗날의 희망까지 그들에게 불타 없어질 것입니다.

성돈   그럼 이제 어떻게 해야 하나?

유화   그들의 분노가 식은 다음, 그리고 진실이 밝혀진 후, 우리가 했던 이러한 운동이 계속되어야 합니다. 그래서 이 운동의 뿌리인 선생님이 그 날에 반드시 계셔야만 합니다. 선생님께서 이 운동의 의지를 만인에게 전해주셔야만 합니다. 그러니까 여기에서 목숨을 걸진 마십시오. 목숨은 미래에 거십시오.

성돈	한 선생….
유화	부탁드립니다.
성돈	알겠네….
유화	그럼 어서 가십시오.
성돈	한선생도 같이 가야지.
유화	아직, 전 해야 할 일이 있습니다.
성돈	무슨 소리야, 자네 어쩌려고 그러나!
유화	누군가는 현장에 남아 그들에게 희생될 사람들을 피신시켜야 하지 않겠습니까. 그리고 현장의 진실을 알려야 하지 않겠습니까.
성돈	하지만!
유화	전 선생님과 달리, 사람들에게 많이 알려져 있지 않은 사람입니다. 그래서 이 일은 선생님이 아닌 제가 할 수 있는 일입니다.
성돈	자네….
유화	반드시 뒤따라갈 테니, 믿어주십시오.

성돈, 유화의 강한 결의가 담긴 눈빛을 보자,

성돈	알았네… 단 반드시 돌아와야 하네. 반드시!
유화	알겠습니다. 어서 가십시오.
성돈	그래, 꼭, 봅시다.

성돈, 퇴장.

유화, 성돈이 나가는 모습을 끝까지 보고는

결심한 듯, 성돈이 나간 반대 방향으로 퇴장한다.

15장. 혼돈

기방.
혼란스러워 하는 기생들.
그리고 묵묵히 있는 선향과 초희

기생1 어떡합니까. 어떡해. 세상 사람들이 우리만 보면 삿대질을
하느라 이제는 밖에도 못 나가겠습니다.

기생2 아니, 우리가 어떻게 돈을 빼돌리는데, 공작을 했단 말입
니까. 말도 안 됩니다.

기생3 맞습니다. 말도 안 됩니다. 우리는 나라 빚 갚는 데에 땀을
흘린 것이지, 다른 이유로 땀을 흘린 게 아닙니다.

기생4 아주 여자 망신시킨다며, 다른 기방 기생들도 우리를 싸
잡고 욕하고 다닙니다.

기생5 근데 이 소문들이 진짜일까?

기생4 그럼 진짜지. 안 그러면 양기택, 그분이 감옥으로 끌려갔
겠냐?

기생2 그럼 우리는 진짜 속은 거네. 정말 어떡합니까.

기생5 혹시 그럼 우리도 잡혀가는 거 아닙니까.

기생2 우리가 왜 잡혀가. 우린 속은 건데.

기생3 차라리 도망을 가버리는 건 어떨까요. 아무도 우리를 모
르는 곳으로요.

기생4	다들 우리를 버르고 있을 건데, 어떻게 밖으로 나가니.
기생3	그럼 진짜 어떡합니까.
초희	그만해라, 지금 행수님께서도 고민이 많으시다. 이럴수록 우리가 더 행수님께 힘이 되어드려야지.

그러던 이때, 유화 다급히 등장한다.

유화	선향 씨!
선향	당신….
유화	지금, 빨리 피신하셔야 합니다. 여기 계시다간!

그러나 선향은 유화의 뺨을 때린다.
그러자 다들 놀라며.

유화	선향 씨….
선향	그렇게 부르지 마요. 당신들 정체가 뭐죠?
유화	정체라뇨?
선향	당신들이 말한 나라 구하자는 거, 목숨 걸고 발 벗고 뛰었는데, 우리에게 돌아온 게 왜 이런 모욕뿐인 거죠?
유화	아닙니다. 다 헛소문입니다. 잠시 몸을 피하고 이 상황만 넘어간다면!
선향	이 상황을 넘어간다면 사람들이 우리를 말하는 건 진실이 되어버립니다!

유화	선… 선향 씨….
선향	우린 오직 진짜가 되기 위해 살아왔습니다. 그런데 이런 거짓을 방관한다면! 우린 거짓이 되어버립니다. 그것만큼은 참을 수 없습니다.
유화	하지만….
선향	묻겠습니다. 지금 밖에서 사람들이 당신들을 얘기하는 그 소문, 진실입니까?

유화, 선향의 눈을 간절하게 마주 보며

| 유화 | 거짓입니다. 헛소문입니다. 믿어주십시오. 제발…. |

이 모습을 보자 기생들, 숙연해진다.

선향	이미 많은 사람들이 등을 돌렸습니다. 진실이 아닐 거라 믿어보며 진실이 아닐 거라 외쳐봤지만! 이미 너무나도 많은 사람들이 등을 돌리고 있습니다. 기다린다고… 달라지지 않습니다. 나서겠습니다.
유화	안 됩니다. 정신 차리십시오. 지금 밖은!
선향	당신이야말로 정신 차리십시오! 도망간다고 아무것도 달라지지 않습니다. 고작 이렇게 방관하려고 판을 벌이신 겁니까. 이렇게 속수무책으로 당하고 있다간 이 운동은 곧 궤멸할 겁니다. 그걸 바라십니까.

유화	하지만, 이미….
선향	압니다. 당신들은 이미 포기했다는 걸. 하지만, 저는 포기 못합니다.
유화	포기라뇨. 아닙니다. 훗날을 기약하자는 겁니다. 지금 나서다간 목숨마저!
선향	저희들의 목숨은! 바로 우리의 정신입니다.
유화	대체 나가서 어떻게 하시려고 합니까.
선향	춰야지요. 춤을.
유화	네?
선향	춤은 표현입니다. 삶의 표현입니다. 그 표현은 진실을 담습니다. 적어도, 우리는 우리가 한 짓이 진실한 것이었다고 표현을 하겠습니다. 우리의 몸으로!
유화	왜… 이렇게까지 하십니까….
선향	항상 이렇게 해왔으니까요.
유화	네?
선향	말 그대로 저희는 항상 이렇게 해왔습니다. 항상 우리는 우리 스스로 예술인이라며 무희라며 목숨을 다해 춤을 춰도, 세상에서는 우리를 삼패기생처럼, 아니, 창녀 취급하듯 바라봤습니다. 그럴 때마다 우린! 우리 스스로 무대를 밟으며 우리 존재를 지켰습니다. 진짜로 인정받기 위해. 그러니까 이번에도 우리는 나가야 합니다. 진짜니까. 세상이 우리가 한 행동을 거짓이라고 말한다면, 진짜를 외치겠습니다. 우린 가짜가 아니니까요.

유화, 선향의 말에 아무런 반박을 못한다.
기생들은 선향의 말에 마치 전의가 불타오른 모습이다.

선향　　잠시나마 고마웠습니다. 그럼 무운을 빌겠습니다.

선향, 기생들 앞으로 나서며.

선향　　다들 날 믿을 수 있겠나?
초희　　믿겠습니다. 따르겠습니다.
기생들　따르겠습니다.
선향　　그렇다면, 나가자. 진실을 외치러.
기생들　진실을 외치러!

선향, 퇴장하자 기생들 따라 나간다.
그 모습을 바라보고 있는 유화.

유화　　처음 봤던 느낌과 같다… 저 사람들은 항상 자신을 지키
　　　　　고, 서로를 지킨다. 나와 달리 세상 어느 풍파에 흔들리지
　　　　　않는 고고한 학처럼. 난… 지키지 못했었다….

과거를 상징하는 소년의 울음소리가 들려 나오자 그 소리가 들리
는 곳을 보는 유화.

유화   부모님이 고관놈의 빚에 시달렸을 때, 아는 것이 없어서, 집을 고관놈들에게 뺏겼었다. 이 세상을 살아나갈 머리만 있었다면, 충분히 집을 지켰을 텐데, 하루아침에 내 울타리를 전부 뺏겼던 것이다. 아는 것이 없으니, 항의하다가 아버지는 그들에게 맞아 죽었고, 어머니는 화병을 못 이겨 1년을 넘지 못하고 숨을 거뒀다. 내가 지켰어야 했는데… 그래야만 했는데! 도무지 겁이 나서, 힘이 없어서, 아무 말도 할 수 없었다. (사이) 그래서 배웠다, 악착같이 공부했다, 이 세상을 살아나갈 힘을 갖기 위해, 내 울타리를 지키기 위해, 내 사람들을 지키기 위해! 그리고 그것은… 이 땅을 지킨다는 바람으로 커졌다. 그래서 나와 같은 뜻을 가진 사람들을 만나, 지금의 운동까지 하게 된 것이다.

유화, 선향 일행이 퇴장한 길을 보며.

유화   하지만 그렇게 배웠음에도 불구하고 월화장 사람들이 간 저 길은, '머리'만 있다고 갈 수 있는 길이 아니란 것을 느낀다, 목숨을 넘어, 모든 것을 걸어야만 갈 수 있는 길이니까. 그런 '진짜'만이 갈 수 있는 길이니까. 과거의 나라면 절대 걷지 못했을 길이다. 하지만 지금의 나는, 과거 '나'라는 소년이 약속했던 '내 사람을 지키는 존재가 되겠다'는 그 신념을, 지켜주고 싶다. '진짜'가 되고 싶다.

과거를 상징하는 소년의 울음소리가 그친다.

유화, 결심한 듯 선향 일행이 나간 길을 따라 나간다.

16장. 무희

거리. 광장.

선향과 기생들, 춤을 춘다.

그러자 사람들은 선향과 기생들의 춤을 보며 하나둘씩 몰린다.

사람1 쟤네, 걔들 아냐? 그때 그 기생들.

사람2 그럴 리가, 미치지 않고서야, 이렇게 나오겠어.

사람3 아니겠지… 아닐 텐데….

아이 엄마, 춤이 아름다워.

사람4 얘야. 가자. 지금은….

춤이 절정에 이르는 찰나,

지나가는 사람5, 선향에게 계란을 던진다.

계란을 맞는 선향.

그러자 놀라며 춤을 멈추는 기생들과 선향

사람5 드디어 찾았네. 어디서 얼굴을 들이밀어! 기생년들이! 우리 돈 돌려내. 돌려내라고! 이보시오. 이 기생년들이 바로 우리 돈 갖고 달아나려 한 것들이오.

그러자 몇 몇 사람들도 앞으로 나서며.

사람6   돌려내! 내 돈을!

사람7   돌려내요! 우리 돈을!

사람들의 행렬 점점 더 커지며.

사람들   돌려내! 돌려내! 돌려내!

그러자 선향, 검무를 출 때 쓰는 칼을 빼든다.
그러자 갑자기 조용해지는 사람들.

선향   그 돈은! 우리가 밟고 있는 이 땅을 위해 쓰고 있습니다.

사람7   어디서 개수작이야! 당장 돌려내라고!

선향, 자결을 하는 듯한 포즈를 잡는다.
그러자 술렁이는 사람들

선향   이 목을 걸고 말합니다. 우리는 이 땅을 지키기 위해 춤을 췄습니다. 우리는 이 나라를 지키기 위해 춤을 췄습니다. 우리는 우리의 무대를 지키기 위해 춤을 췄습니다. 수많은 재물과 보화도 우리를 살게 하지 못합니다. 우리를 살게 하는 것은 오직 우리의 무대뿐입니다. 그런데, 우리가 왜 그깟 돈을 가로채기 위해 춤을 췄겠습니까.

사람7   기생년들이 무슨 무대야!

사람8   맞아, 남자들과 맨날 노니는 것들이 무슨 무대냐!

사람9   집어치워. 기생년들아!

선향   만약! 저희의 춤을 보고도 저희가 무대에 목숨을 건다는 것을 증명할 수 없다면, 당신들 앞에서 이 목을 바치겠습니다.

선향의 담대한 태도에 사람들 고개를 갸웃거리며.

사람2   뭐?

사람3   정말일까?

사람1   설마….

아이   엄마, 저 언니들 예술가야?

사람4   … 저 언니들은. 언니들은….

선향   그러니 한 번만, 저희의 춤을 제대로 봐주실 수 있겠습니까?

선향의 말에 사람들 궁시렁거린다.
그러자 반대급부의 행동대장 정도로 보이는 사람10이 나온다.

사람10   거 한 번 보고 판단해봅시다. 거 밑져야 본전 아니오!

사람9   좋소! 한 번 그래, 봐봅시다!

사람8   참나… 그러지요.

분위기가 다시 모아지자 선향, 정중히 광장에 모인 사람들에게 인사한다.

선향   감사합니다. 만약, 저희의 춤을 보시고 저희가 무대에 목숨을 건다는 것에 믿음이 생긴다면, 저희의 말을 다시 한 번만 생각해주십시오. 저희가 춤을 췄던 것은 오직, 이 땅을 우리의 손으로 지키기 위해서였다는 것을요. 그리고 다시 일어서주십시오. 우리 땅을 지키기 위해. (사이) 그럼 시작해보겠습니다.

선향, 포즈를 잡자, 기생들 모두 다 같이 춤출 포즈를 잡는다.
지켜보는 사람들, 이들의 중압감에 눌린 듯 소리 없이 이들을 뚫어지게 본다.
초희, 악기를 연주하자 악기소리에 맞춰 선향, 춤을 추기 시작한다. 선향과 함께 기생들 역시 춤을 춘다.
선향과 기생들의 춤은, 마치 고고한 학 같다.
그 어떤 것에도 흔들리지 않고 이상을 향해 날개를 펼치는 고고한 학의 몸짓처럼, 사람들은 선향과 기생들의 춤에 점점 빠지기 시작한다.

마침내 선향과 기생들의 춤이 끝나자 사람들은 설득된 듯 아무 말을 하지 못한다.

선향   어떻습니까. 저희의 말을 믿어주시겠습니까.

그러던 찰나, 지켜보던 아이가 소리친다.

아이   엄마, 저 언니들 말 진짜야. 진짜라고!

아이의 말에 술렁이는 사람들.
그리고 고민이 이는 사람들의 모습이 교차한다.
그 순간, 등장하는 유화.

유화   왜 설득이 되었는데, 아무도 말을 못합니까. 왜 왜놈들이 퍼뜨린 말은 곧이 곧대로 믿고 우리 민족이 말하는 우리의 말에는 왜 귀를 닫으십니까. 저 분들의 말을 믿어주십시오! 국채보상운동에 주력했던 저 한유화가! 목숨을 걸고 말합니다! 지금이라면 뒤바꿀 수 있습니다! 지금이라면!

그러자 사람들 하나 둘씩 유화의 말에 나서며.

사람1   난 믿을래. 저들의 말을.
사람2   나도!
사람3   그럼 어떻게 해야 합니까.
사람10   우리는 어떻게 해야 합니까.

유화, 잠시 말을 못 꺼내는 찰나, 선향 앞으로 나서며.

선향   우리는 처절하게나마 진실을 알릴 것입니다.

유화   저 역시 선향 씨를 따라 진실을 알릴 것입니다.

선향   그러니까 여러분들은 이 진실을 기억해주십시오.

선향, 뒤돌아 나셔려는 찰나, 사람들 하나둘씩 앞으로 나서며.

사람1   저도 나서겠습니다.

사람2   저도요.

사람3   저도 함께하겠습니다.

사람10   저, 저도요!

그러자 사람들이 나서려고 하는 모습을 보고 놀라는 선향과 유화.

선향   하지만, 위험합니다, 당신들까지….

사람1   저희가 선택한 길입니다.

사람2   억울해서 도저히 안 되겠습니다.

사람3   맞습니다. 저희도 말하고 싶습니다. 이 세상에!

사람10   저희도 나서고 싶습니다.

사람들   부탁드립니다!

이 모습을 보자 혼란에 빠지는 선향.

선향   어… 어떡하죠.

유화   저들 역시 당신처럼 진짜가 되고 싶은 거겠죠. 저도 그
         랬으니까요. 말리고 싶어도 말릴 순 없을 겁니다. 저처럼
         요….

사람들   저희도 함께하고 싶습니다. 부탁드립니다.

         선향, 이들의 모습을 쭉 훑어보더니 마침내 결심한 듯.

선향   알겠습니다. 단, 위험해지는 상황이 오면 모두 목숨부터
         지키셔야만 합니다. 알겠습니까.

사람들   알겠습니다!

선향   그럼 지금부터 우린 우리의 진짜 마음을 알리기 위해 세
         상으로 나가겠습니다. 저와 함께하실 분은, 따라오십시오.
         그럼 가겠습니다. 이 세상에 진실을 외치러!

초희, 기생들   진실을 외치러!

         그리고 이어지는 사람들의 환호성.

         선향, 유화와 눈을 마주 보고는 결심한 듯 앞장서서 나간다.
         유화와 월화장 기생들, 그리고 사람들도 선향을 따라 나간다.
         이들이 움직이는 곳은 지역 모든 곳으로 펼쳐진다.

17장. 새 시대의 바람

선향과 초희, 유화 일행은 거리 곳곳에 전단을 뿌린다.

유화 호외요 호외! 왜놈들의 거짓으로 진실이 침몰했다.

초희 호외요 호외! 우리 땅을 지키려는 것을 저지한 세력들의 실체가 나타났다.

선향 호외요 호외! 우리 땅을 지키는 방법은 오직 하나! 우리가 하나 되는 것뿐!

기생들·사람들 호외요 호외! 호외요, 호외!

그러자 무대 반대편에서 무카시와 그의 조직원들 나온다.

부관 어떻게 할까요? 경시님.

무카시 말했잖아. 철저히 진실을 외치는 사람들은 쥐도 새도 모르게 잡아 족치라고. 그러면 의심하는 자들이 더욱 많아질 것이고 진실을 말하는 자들은 더욱 없어지고. 다수가 말하는 게 진실이 된다고.

부관 하지만, 생각보다 많은데요.

무카시 그래봤자 오십 명 정도인데 뭘. 저 정도만 세상에서 없어지면, 더 이상 소리를 높이는 것들은 사라진다. 역사 속에서. 그러니까 모두 탄압해. 모두!

부관　　네. 알겠습니다.

부관, 휘파람을 불자 무카시의 조직원들, 품에서 몽둥이를 꺼내들
더니, 마구잡이로 사람들을 공격한다. 이어지는 비명.
무참히 짓밟는 무카시의 조직원들.
그리고 처절하게 저항하는 사람들의 모습이 뒤섞인다.

기생1　　저놈들, 여기 사람들을 모두 죽이려 해요.
유화　　아예 마음을 먹고 온 것 같군요. 저게 놈들의 실체입니다.

그러자 선향 일행은 위급함을 느끼며 초희는 선향을 끌고 다른
곳으로 온다. 유화도 선향에게 따라붙는다.

초희　　행수님! 어서 도망가십시오.
유화　　맞습니다. 여기는 저희에게 맡기고 도망가십시오.
선향　　아뇨. 저는 남겠습니다.
유화　　네?
초희　　안 됩니다. 행수님. 어서 가십시오, 여기는 저에게 맡기고!
선향　　(초희의 멱살을 잡으며) 정신 차려! 난 행수다.
기생1　　하지만….
선향　　(기생들을 바라보며) 난 행수라고. 행수가 뭐야, 너희들의 어
　　　　머니다. 어머니는, 그 어떤 상황에서도 자식을 지킨다. 그
　　　　러니 여기에 남는 것은, 나다. 자식들은 모두 살아야지. 행

92

수의 정신을 지키게 해다오.

초희   하지만….

선향   여기 있는 사람들, 다 내 말을 믿고 따라온 사람들이야. 그러니까, 내가 저들을 지켜야지. 넌 책임지고 애들을 데리고 나가줘. 누군가는 우리의 정신을 이어야 하잖아. 누군가는 여기의 진실을 알려야 하잖아. (기생들에게) 발표하겠다. 나 다음 행수의 자리는 초희가 맡는다. 다들 동의하나?

기생2   동… 동의합니다….

기생3   저… 저도요.

기생4   저도요.

기생들의 모습을 보자 아무 말도 못하는 초희.

선향   (초희의 손을 잡으며) 언니. 부탁해. 제발… 이제 모두를 데리고 살아줘.

초희   (울며) 선… 선향아….

선향   이게 내 마지막 부탁이야. 알았지?

초희   왜… 왜….

선향   우린 진짜니까. 여기서 내가 도망가면, 나를 믿고 따라온 사람들에겐 내가 거짓이 되어버려. 내 삶을 진짜이게 만드는 것은 내 행동뿐이야. 난 진짜이고 싶어. 그러니까 부탁해. 알았지? 나가서 우리가 있었다는 것을 꼭 알려줘.

초희	… 응.
선향	그럼 가.

초희, 뒤돌아 나가려는 찰나. 갑자기 돌아서며

초희	반드시 알려줄게. 반드시. 너의 이름을!
선향	아니, 나는 중요하지 않아. 우리가 있었다는 것만 알면 돼.
초희	우리?
선향	응… 무희들.

초희, '무희'라는 말에 울컥하며.

초희	알았어, 알았어. 지킬게. 꼭! (기생들에게) 얘들아. 가자. 이 진실을 세상에 알리러!
기생들	네!

초희, 기생들과 같이 퇴장한다.
선향과 몇몇 기생들만 남아있다.
그러나 유화도 선향 옆에 남아있다.

선향	당신은 왜 안 가시죠?
유화	저도 당신처럼, 당신을 만나러 올 때 저를 이어갈 사람들을 대피시켰거든요.

선향	당신도요?
유화	네, 그러니까 이제는 그들이 이어갈 겁니다. 우리의 의지를.
선향	하지만 인사님께서 이름을 못 남기셔서 어떡해요?
유화	그깟 이름이 중요합니까. 당신이 말했잖아요. '진짜'는 정신이라고. 그러니까 우리를 믿고 온 사람들을 지킵시다.
선향	… 네.

유화와 선향, 무카시와 그 조직원들을 본다.

그리고 그들에게 향하려고 다짐을 하는 사이, 유화 결심한 듯.

유화	그리고… 좋아합니다.
선향	네?
유화	당신을 아주, 많이 좋아합니다. 미안해요. 고백을 이런 식으로 해서, 하지만 지금이 아니면 영영 못할 것 같아서요.
선향	저도 마찬가지예요.
유화	(놀라며) 네, 뭐라고요?
선향	저도 당신을 좋아한다고요. 처음 본 순간부터 그랬어요….
유화	저도 마찬가지입니다. 처음 본 순간부터 당신이 좋았어요. 이런 말을 진작 했으면 좋았을 텐데, 아쉽네요.
선향	아뇨, 오히려 지금이라도 알게 되어 다행이라는 생각이 듭니다. (사이) 가죠. 저들을 구하러.
유화	네.

선향과 유화, 결심한 듯 무카시 일행에게 향한다.

무카시 일행 선향과 유화를 발견한 듯, 소리친다.

무카시 저것들이야. 잡아!

하지만 선향과 유화, 겁먹지 않고 그들에게 한 걸음 향한다.

그러자 선향의 한 걸음에, 시간이 멈춘 듯 모든 것이 정지된다.

모든 것이 정지된 상태에서 선향, 천천히 객석 전면을 바라본다.

선향 춤은, 자기표현입니다. '춤'이라는 것은 이 나라에서 나라가 바라는 모습으로만 살아야 하는 우리에게, 내가 바라는 '내'가 될 수 있는! 가장 원초적인 자기표현의 예술입니다. 몸짓에는 말이 있습니다. 말에는 생각이 있습니다. 생각 안에는 '내'가 있습니다. 몸짓은 곧 진정한 자기표현입니다. 그래서 어머니가 가장 아름다웠던 그 순간이 바로, 무대에 설 때였습니다. 세상 그 누가 뭐라고 해도, 난 그것이 가장 아름다웠습니다. 그 순간만이 진짜 엄마의 모습이 나왔기 때문입니다. 그리고 이젠 엄마의 모든 것을 용서합니다… 그만큼 엄마를 사랑하니까요. 난 이제 가장 나다울 수 있는 마지막 춤을 추기 위해 이곳에 왔습니다. 나의 무대를 지키고자, 이 땅을 지키고자 이곳에 왔습니다. 나에겐 여기가 제 인생의 전부입니다.

선향, 앞으로 무카시 일행들을 향해 앞으로 한 걸음 내딛으며 무대 천천히 어두워진다.

무대 어두워지는 찰나, 선향의 모습은 그 무엇과도 비견할 수 없을 만큼 고고하다.

선향이 한 걸음을 내딛은 마지막 포즈는 마치, 춤을 시작하는 포즈 같다.

무대 완전히 어두워진 상태에서, 아이의 목소리 들린다.

아이　　(소리) 엄마, 저 언니 누구야?

엄마　　(소리) 무희야.

아이　　(소리) 무희?

엄마　　(소리) 응. 무. 희.

－막－

작의

본 작품은 '2020년도 국채보상운동 연극대본(희곡) 시나리오 공모전' 대상 수상작이다. 작년(2020년)에 본 공모전을 보고, 평소 이 시대의 혁명 정신에 관심이 많았던 나는 또 다시 나도 모르는 사이, 펜을 들게 되었다. 아마 이전에 이 시대와 비슷한 시기를 다뤘던 작품인 〈월화, 신극 달빛에 물들다〉를 창작한 이후인지라, 이 시대의 혁명 정신에 더욱 관심이 갔다.

그리하여, 작품을 창작할 시 본 공모전의 키워드였던 '여성, 국채보상운동을 견인하다'라는 문구를 생각하며, 그 시대의 사상상 많은 부분 희생되었던 '예술인이 되기를 바랐던 일패기생'들의 처절한 삶을 그리기로 했다. 또한, 가장 먼저 익히 알려진 영웅이나 위인의 이야기가 아닌, 이름을 남기지는 못했지만, 우리의 삶에 가까이 있을 수 있었던, 혹은 그 이상의 혁명의 바람을 넣었던 인물을 창작하고자 했다.

인물 구축을 하면서 참고가 되었던 실존 인물은 '앵무라 불렸던 대구의 기생 염농산'이었다. 다만, 앵무 염농산에 관한 극화는 이미 많은 부분 이루어졌기에 염농산 같은 알려진 위인이 아닌, 역사 속에 이름을 남기지는 못했지만, 여러 부류의 사람들을 상징하는 한 인물을 쓰고자 했다. 그래서 대구에서는 국채보상운동에서 기생들의 활약 역시도 컸던 만큼, '예술가로 증명받고자 했던 일패기생'들의 이야기를 쓰고자 결심했다. 그리하여 〈무희, 무명이 되고자 했던 그녀〉는 일패기생들의 '예술혼'이 '혁명정신'이 되어 국채보상운동을 이끄는 이야기가 된 것이다.

여기서 '예술'과 '그 시대의 혁명정신'을 교집합으로 묶은 것은, '예술혼'이라는 것은 '시대성'이 있고, 나아가 '영원성'이 있듯이, 세상을 움직이는 바람이 된다고 믿기 때문이다. 시대를 바꾼 예술 역시도 역사 속에서 찾아볼 수 있듯이 말이다.

나아가 본 작품을 창작하며 이름을 남긴 사람만이 나라를 구한 것이 아닌, 이름을 남기지 않았던 사람들 역시도 나라를 구한 사람이 많다는 것을 말하고 싶었다. 이름을 남기는 것보다도 예술가로서 '정신'과 '예술'을 남기는 것을 선택한 사람들 역시 세상에 많기 때문이다. 그러므로 본 작품에서 나오는 '선향'이라는 인물은 이러한 모든 사람을 상징하는 오늘날의 '우리'일 수도 있는 것이다.

끝으로 〈무희, 무명이 되고자 했던 그녀〉는 사회의 뒤틀린 시선 속에서도 진짜 자신의 모습을 끝까지 증명해내는 사람들의 삶을 다루었다. 그만큼, 세상을 향해 자신의 진짜 신념을 믿고 나아가는 것이 얼마나 진귀한 것인지를 소통하고 싶었다. 그 어떤 것에도 휘둘리지 않는 신념은, 그 무엇보다도 진귀하기 때문이다. 그렇기 때문에 그런 진귀한 신념은 사회의 뒤틀린 시선을 바로잡는 것은 물론이며 세상을 변화시킬 힘이 있다. 그래서 물질만능주의로 무수히 변해가는 오늘날에 〈무희, 무명이 되고자 했던 그녀〉에서 나타나는 '진귀한 신념'이 필요하다고 생각했다.

끝으로 작가로서 〈무희, 무명이 되고자 했던 그녀〉에 가장 중점을 둔 지점은 바로 '소통'이다. 바로 그 시대의 예술혼과 혁명 정신을 오늘날과 소통하는 것이다. 그렇기 때문에 앞으로 더 많은, 더 깊은 '소통'의 환경이 필요하다고 제언하며, 본 작품이 오늘날 관객들에게 온전히 잘 소통되기를 바란다.

〈무희, 무명이 되고자 했던 그녀〉

작가노트 | 글. 한민규

1. 여는 말

우선, 〈무희, 무명이 되고자 했던 그녀〉는 역사적 사실을 기반으로 한 팩션(Faction) 희곡임을 밝힌다. 본 작품이 '시대극'이니만큼, 본 작품을 창작하며 작가로서 고민했던 흔적들을 정리해보았다. 또한, 이 지점은 독자분들과 관객분들 역시도 궁금해할 것이라고 생각했다. 시대극이라는 것은 창작자가 어떠한 시각으로 그 시대를 보며, 그 시대를 어떠한 방법을 구축하고 구현화 하느냐가 중요한 요소이듯이, 이에 대한 해설은 작품을 이해하는데 더욱 도움이 될 것이라고 생각한다. 그리하여 작가로서 고민한 부분 중, 독자분들과 관객분들이 궁금해할 거라고 생각하는 부분을 네 개로 압축하여 설명토록 하겠다.

우선 이 작품을 창작하며 고민하고 연구했던 소재는 여럿 있지만, 그중에서 독자들이 작품을 읽으며 궁금해할 거라고 생각한 부분은 네 개가 있다. 하나는 바로 '일패기생'이라는 소재고, 또 하나는 바로 이 작품의 주공간인 '월화장'이라는 곳, 그리고 '선향의 어머니'라는 존재, 마지막으로 유화라는 존재와 그의 '혁명정신'이다.

우선 창작소재가 된 '일패기생'부터 설명하겠다.

2. 〈무희, 무명이 되고자 했던 그녀〉의
   일패기생들의 예술과 삶

이 시대의 기생은 세 부류가 있다. 일패기생, 이패기생, 삼패기생이다. 이 중에서 '일패기생들'은 춤과 노래를 하는 예술가로 임금 앞에서 가무를 선보이거나, 임금이 상주한 궁중연회 등에서 가무를 선보였다. 즉, 나라의 관리를 받는 예인이었던 것이다. 그렇기 때문에 일패기생들은 스스로 매창불매음(賣唱不賣淫)이라, '노래를 팔순 있어도 몸을 팔지 말라'는 신념 역시 있었던 것이다. 일패기생들은, 스스로 자신을 지켜야만, 다른 기생들과 같은 취급을 받지 않았다.

다른 기생들이란, 이패기생, 삼패기생이다. 이패기생은 관기와 민기로 나뉘며, 관기는 문무백관을 상대로 가무를 선보였고, 민기는 일반인들 상대로 가무를 선보였다. 그러나 이패기생은 음지에서 매춘을 하며 생계를 유지했다. 삼패기생은 매춘을 주업으로 하며 노래와 춤을 병행하는 기생이었다. 그렇기 때문에 '일패기생들'이 가지는 예술가로서의 신념이 이들과 같을 리는 없었을 것이다. '일패기생'은 종합예술인으로 예술을 비롯한 다양한 교육을 받았으며, 임금이 동석하는 대내외적인 행사 및 외교에도 동행하는 존재였다.

하지만, 일제강점기 때부터는 일패기생들 역시도 매춘부로 바라보는 시선이 생겼다. 그만큼, 그 시기는 우리의 예술 역시도 무참히 침탈받았던 시기였던 것이다. 그렇기 때문에 일본이 우리나라에 드리웠을 때부터, 그들의 영향으로 기생들을 전부 매춘부로 바라보는 시선이 생겨나며 점차적으로 일패기생들의 삶과 긍지도 점점 나락으로 추락하게 되었을 것이다.

그리하여 작가인 나는, '이것의 시작을 어디서부터 바라보느냐'라는 지점으로 작품을 접근했다. 그 시작점은 분명 일본의 영향을 벗어날 수 없었던 19세기 후반부터였을 것이다. 그렇기 때문에 일본의 영향을 벗어날 수 없었던 19세기 후반인 1800년대 후반부터 1900년대 초반의 시기는 일패기생들의 삶 역시도 이 전과 판이하게 달라졌을 것으로 생각한다. 일제강점기부터는 기생들의 삶이 완전히 달라졌듯이 말이다.

본 작품에서 다루는 시기는 1907년으로 일제강점기가 도래하기 전의 시대다. 하지만, 일본의 영향을 벗어날 수 없었던 시대이기도 하다. 그러므로 일패기생들의 삶 역시도 판이하게 달라진 시기였을 것으로 본다. 즉, 작가로서 본 이 시기는 일패기생들이 자신들을 예술인으로 보지 않고 다 같은 기생으로 보는 '사회의 시선'을 거부하며, 스스로 예술인으로서 기예를 쌓고, 신념을 지키며 살아가는 시대였다.

3. 〈무희, 무명이 되고자 했던 그녀〉의 '월화장'이란?

본 작품에서는 일패기생 출신 기생들이 나라로부터 스스로 독립하고 '월화장'이라는 자신의 예술공간인 기방을 마련하여 자신들의 삶과 예술, 정체성을 지키는 세계관을 구축했다. 나아가 본 작품의 일패기생들은, 일패기생이지만 일본의 영향으로 나라마저도 자신들을 지켜주지 못하는 시대였기에 스스로 나서서 자신들을 지켜나가는 일패기생들의 모습으로 설정했다. 그만큼, 작품 속 일패기생들은 자신들의 정체성을 지키는데, 목숨 이상의 것을 걸었던 것이다. 이유는 바로 일패기생들의 '존재의 이유, 즉 존재성'을 확립하기 위해서라고 할 수 있다.

그래서 '월화장'이라는 곳은 기방이지만, 말 그대로 일패기생들의 예술혼이 담긴 '예술공간'이다. 이들의 예술을 볼 수 있는 공간인 것이다. 일제강점기 때는 여형(女形)배우가 만연한 시기였기에, 여배우를 구할 때 기방에서 찾았다는 말이 있다. 물론, 1900년대 초반은 여배우의 부재였던 시기이기도 한만큼, 또 근대 최초의 여배우라 불리는 이월화(이정숙) 역시도 1920년대 시기부터 본격적으로 무대 위에 올라선 만큼, 이 시기는 여배우를 포함하여 여성 예인에 대한 인식이 현저히 부족한 시기였다. 그래서 작가로서 이 시기를 바라보았을 때 기방 역시도 다 같은 기방은 아니었을 것으로 보았다. 기생 역시도 일패기생, 이패기생, 삼패기생으로 분류가 되었던 시대였던 만큼, 그 이후 시대의 기방 또한, 여러 분류가 있었을 것이라고 사료된다. 그렇기 때문에 본 작품의 '월화장'이라는 작품의 주공간을 설정하면서, 이 공간은 일패기생들이 자신들의 정체성을 지키는, 예술혼을 지키는 '예술의 공간'이나 다름없게 구축하였다.

이 주공간을 보면 사회를 알 수 있고, 더 크게 시대를 알 수 있듯이 〈무희, 무명이 되고자 했던 그녀〉의 주공간인 '월화장'은 바로 일패기생들의 뜻을 시대로부터 지키기 위한 혁명의 공간인 것이다.

그만큼, 본 작품의 일패기생들은 예술적 신념을 지키기 위해 스스로 독립하여 '월화장'이라는 예술의 터를 세웠듯이, 서로 간의 규율 역시도 마치 군대를 보듯이 엄격하다. 엄격한 이유는 일패기생들이 독립하여 '월화장'이라는 터를 잡은 후부터 살아가는 매일매일이 전쟁이었을 것이기 때문이다. 기존에는 나라로부터 관리를 받던 일패기생, 어느새 나라가 지켜주지 못하는 상황에 놓이자, 월화장의 행수는 스스로 나서서 자신과 뜻이 맞는 일패기생들을 지켜주는 존재가 되었다. 즉 월화장 소속의 일패기생들에게 행수라는 존재는 마치 어머니이자 주군이자 나라나 다름없다. 그래서 본 작품에서도 일패기생들은 행수를 향해 제식을 갖추며 '충'이라고 외친다. '충'이라는 것은 한 음절의 말이지만, 이들이 행수를 어떻게 보는지에 대한 시각과 삶이 모두 닮겨 있는 말이다.

그리하여, 〈무희, 무명이 되고자 했던 그녀〉의 '월화장'은 작가의

상상력으로 출발한 픽션(Fiction)공간이며, 나라로부터 관리를 받던 일패기생들이 나라마저 자신을 지켜주지 못하는 시기가 되자 자신들의 정체성을 지키기 위해, 예술혼을 지키기 위해 스스로 독립하여 세운 자신들의 예술공간인 것이다. 나아가 '월화장'은 일패기생 출신인 기생들이 그 시대에 대항하여 증명할 예술세계인 것이다.

여기까지가 작가로서 '월화장'이라는 작품의 세계관을 구축한 내용이다.

4. 〈무희,무명이 되고자 했던 그녀〉의 선향에게
어머니라는 기억. 그것은 작품의 세계관

선향은 작품의 시작부터 성격이 구축된 인물로 기능한다. 그것은 바로 어머니라는 트라우마였기 때문이다. 〈무희, 무명이 되고자 했던 그녀〉의 주인공인 선향에게는 자신의 꿈이나 다름없던 '어머니'라는 존재가, 어느 순간 자신의 트라우마가 되었다. 어머니라는 의미는 아이의 탄생을 열어주는 숭고한 존재이자, 아이의 첫 세계관의 창시자나 다름없건만, 선향에게는 자신이 목표하던 지점의 꿈의 상징이 어머니이자, 반역해야할 대상이 어머니였던 것이다. 즉, 선향의 어머니라는 존재는 이 작품에서는 온전히 등장하지 않는 인물이지만, 선향의 초기 인물 구축을 한 강력한 세계관이 되는 것이다. 이것은 작품으로 보자면, 선향의 어머니는 월화장의 행수와 같이 일패기생의 뜻을 갖고 독립하여 월화장을 이끈 주축 인물이지만, 후에 시대에 타협하여 예술적 신념을 버리고 월화장을 떠난 인물로 변한다. 즉, 더 넓게 보자면, 선향의 어머니로부터 이 시대의 변화되는 흐름을 알 수 있다.

그러므로 선향의 어머니로부터 '월화장'과 그 당시의 일패기생들이 추락되던 삶 등을 느낄 수 있듯, 선향의 어머니라는 존재는 작품 전체의 세계관의 한 상징적 인물로 기능한다.

5. 〈무희,무명이 되고자 했던 그녀〉의 '유화'라는 인물.
그리고 혁명정신의 태동

우선 〈무희, 무명이 되고자 했던 그녀〉의 인물 '유화'라는 이름의 한자는 유화(遺畵)다. 즉, 뜻으로 풀면 후세에 전할 끼칠 '유(遺)'에 그림 '화(畵)'로, 후세에 전하는 그림이라는 것인데 여기서의 그림은 바로 이 시대의 '혁명 정신'이다.

본 작품에서 나타나듯 유화는 국채보상운동의 혁명정신을 이야기하는 씨앗이다. 씨앗으로부터 수많은 열매가 열리듯이 본 작품의 유화는 '국채보상운동의 씨앗'으로 기능한다. 국채보상운동을 할 수밖에 없는 트라우마가 유화에겐 과거로 설정되어 있기 때문이다. '지식'만 있었다면 가정을 지킬 수 있었는데, 그 '지식'이 없어 가정을 지키지 못했던 인물이 유화다. 그 시대의 일반 사람들은 대부분 유화 같은 아픔을 느꼈을 것이다. 그리하여 유화는 이러한 트라우마를 겪고 이 트라우마를 만든 원흉과 대항하는 삶을 살아간다.

그리고 그 대항은 혁명정신을 낳았고, 그것은 바로 국채보상운동으로 이어지게 되는 것이다. 따라서 극중 인물 '유화'는 그 시대의 희생당한 소시민들의 트라우마를 갖고 있는 상징적인 인물이다. 그렇기 때문에 '정신을 남기고 무명이 되고자 하는 삶'을 선택한 인물로 구축했다. 그 정신은 후대에 이어지며 영원성을 갖기에.

6. 맺음말

이상, 이 네 가지 요소가 독자분들이 작품을 읽으며, 궁금해할 요소라고 생각하여 정리해보았다. 또한, 이 해설은 작품의 이해를 더 하는 해설일 뿐, 작품의 내용을 대신하지는 못한다. 어쩌면 안 펼쳐질지도 모를 이 해설의 페이지 공간은, 시대극을 창작하는 창작자로서의 창작 정신이 담긴 페이지, 작가노트의 일부에 불과하다. 하지만 이러한 흔적 역시도 본 작품이 독자들과, 예술가들과, 나아가 세상과 더 나은 소통을 할 수 있다면 하는 바람으로 기록하였다.

끝으로, 필자는 이 네 개의 요소 외에 다양한 창작영감들이 결합하여 '국채보상운동'의 정신을 극화하는 작품 〈무희, 무명이 되고자 했던 그녀〉를 창작했다. 본 작품은 예술혼과 혁명 정신의 결합이듯이, 현실 역시도 '예술'은 시대와 밀접하게 소통하며 시대를 이끌 수 있는 것이라고 생각한다. 그리하여 예술의 소통은 시대를 넘나들 듯이, 예술적 소통의 중요성을 다시 한번 이 페이지로 밝히는 바이다.

작가 '한민규' 프로필

▶ 학력

고려대학교 대학원 비교문학비교문화 희곡전공 박사수료

중앙대학교 예술대학원 공연영상학과 연극전공 졸업(예술학 석사)

추계예술대학교 문학영상대학 영상시나리오과 졸업(문학사)

▶ 경력

現, 극단 혈우(前,극단 M.Factory) 대표

동아방송예술대학교 공연예술계열 겸임교수

▶ 저서

한민규.『진홍빛 소녀(한민규 희곡집)』연극과 인간. 2017.

[작품수록도서]

『창작2인극선집3』지만지드라마. 2020. (수록작품명: 진홍빛 소녀)

『한국연극』2019. 9월호 (수록작품명: 월화,신극 달빛에 물들다)

『월간문학』2019. 10월호 (수록작품명: 실명)

『제2회 노작홍사용창작단막극제 희곡집』(수록작품명: 마지막 수업, 2019 공연본)

『월간문학』2017 3월호 (수록작품명: 마지막 수업)

▶ 수상 및 선정 이력

2021년 제12회 서울문화투데이 문화대상 연극부문 젊은예술가상 수상

2021년 강원문화재단 전문예술지원 문학(희곡)부문 선정

2020년 국채보상운동 관련 연극대본(희곡) 시나리오 공모전 대상 수상

(작품명: 무희, 무명이 되고자 했던 그녀)

2020년 제주신화 콘텐츠 원천소스 스토리 공모전 대상 수상 (작품명: 용의 아이)

2019년 제4회 청소년을 위한 공연예술축제 대상 수상 (작품명: 기적의 소년)

2019년 월간『한국연극』9월의 희곡 선정 (작품명: 월화)

2019년 강원도립극단 창작희곡공모 당선 (작품명: 월화)

2017년 대전창작희곡공모 우수상 수상 (작품명: 최후의 전사)

2017년 한국문인협회 월간문학 희곡부문 신인작품상 수상 (작품명: 마지막 수업)

2017년 한국문화예술위원회 작가스테이지 선정

2016년 한국문화예술위원회 창작산실 연극부문 올해의 신작 최종 당선 (작품명: 혈우)

2016년 제3회 종로구우수연극전 공식초청작 선정 (작품명: 진홍빛 소녀)

2015년 한국문화예술위원회 AYAF 문학-희곡 부문 차세대예술인력육성 사업 차세대예술가 선정 (작품명: 누가 그들을 만들었는가)

2015년 제15회 2인극페스티벌 작품상 수상 (작품명: 진홍빛 소녀)

2014년 제14회 2인극페스티벌 희곡상 수상 (작품명: 잠수괴물)

2013년 제2회 서울뮤지컬페스티벌 예그린프린지 창작뮤지컬 신작 부문 선정 (작품명: 만약의 일기) 外

▶ 공연 경력

2021년 2021 대한민국연극제 서울대회 공식경연작 〈최후의 전사〉, 극작, 연출 (한성아트홀 1관)

2020년 제5회 청소년을 위한 공연예술축제 공식초청작 〈기적의 소년〉 극작, 연출 (정동세실극장)

2020년 산울림고전극장 〈보들레르〉 극작, 연출 (소극장 산울림)

2020년 제4회 청소년을 위한 공연예술축제 대상수상작 〈기적의 소년〉 극작, 연출 (대학로SH아트홀)

2019년 제4회 청소년을 위한 공연예술축제 공식경연작 〈기적의 소년〉 극작, 연출 (정동세실극장)

2019년 창작소리극 〈하트〉 극작, 작사 (복합문화예술공간 행화탕)

2019년 제2회 노작홍사용창작단막극제 공식경연작 〈마지막 수업〉 극작, 연출 (노작홍사용문학관)

2019년 〈실명(제4회 불과얼음 단막뮤지컬페스티벌)〉 극작, 작사 (복합문화공간 에무)

2019-2020년 강원도립극단 정기공연 〈월화-신극,달빛에 물들다〉 극작 (2019, 아르코예술극장 대극장 공연 및 춘천, 원주, 경주, 속초 투어공연 및 2020년 연극 100년의 해 공식초청공연)

2019년 연극 〈어느 날〉 극작, 연출 (전주 공연예술소극장 용)

2018년 강남문화재단 기획공연 〈소년기〉 극작, 연출 (강남구민회관 대공연장)

2018년 남한산성 창작뮤지컬 〈야조_왕의 길〉 극작, 작사 (남한산성 행궁)

2018년 경기도립극단 경기정명천년기념 판타지국악극 〈천년도〉 극작, 작사 (성남아트센터 오페라하우스)

2018년 평창문화올림픽 공식초청작 아라리락뮤지컬 〈아리랑무극〉 극작, 작사 (강릉올림픽아트센터 소극장 外 2017 정선아리랑제 개막공연)

2018년 제27회 대전연극제 공식경연작 〈최후의 전사〉 극작 (대전예술의전당 앙상블홀 外 2018 대한민국소극장 열전 대전, 대구, 부산, 구미, 울산 등 투어공연)

2017년 남한산성역사 창작뮤지컬 〈야조〉 극작, 작사 (남한산성 인화관)

2017년 공연예술 창작산실 연극 올해의 신작 〈혈우〉 극작 (대학로예술극장 대극장)

2016년 한국문화예술위원회 AYAF 문학, 희곡부문 차세대예술가 선정작 〈누가 그들을 만들었는가〉 극작, 연출 (대학로 열린극장)

2016년 제3회 종로구우수연극전 공식초청작 〈진홍빛 소녀〉 극작 (대학로 문화공간 엘림홀)

2016년 서울연극제 자유참가작 〈진홍빛 소녀〉 극작 (동숭아트센터 꼭두

소극장)

2016년 〈진홍빛 소녀, 그리고 잠수괴물〉 극작, 작사 (대학로예술극장 3관/청담 유씨어터(유씨어터페스벌 공식초청))

2015년 제15회 2인극페스티벌 작품상 수상 〈작품명: 진홍빛 소녀〉 극작 (아르코예술극장 소극장)

2014년 제14회 2인극페스티벌 공식참가작 음악극 〈잠수괴물〉 극작, 작사 (연우소극장)

2014년 연극 〈서릿빛 소녀〉 극작 (예술공간 오르다)

2013년 뮤지컬 〈만약의 일기〉 극작, 작사, 연출 (충무아트홀 중극장 블랙)

2012년 연극 〈괴물공장〉 극작, 연출 (명동 해치홀)

外

한국 희곡 명작선 86

무희, 무명이 되고자 했던 그녀

초판 1쇄 인쇄일   2021년 11월 25일
초판 1쇄 발행일   2021년 11월 30일

지 은 이   한민규
만 든 이   이정옥
만 든 곳   평민사
　　　　　서울시 은평구 수색로 340 〈202호〉
　　　　　전화 : 02) 375-8571 / 팩스 : 02) 375-8573
　　　　　http://blog.naver.com/pyung1976
　　　　　이메일   pyung1976@naver.com
등록번호   25100-2015-000102호
ISBN   　 978-89-7115-800-5 04800
　　　　　978-89-7115-663-6 (set)
정   　가   9,000원

이 책은 사단법인 한국극작가협회가 한국문화예술위원회의 2021년 제4회 극작엑스포
지원금을 받아 출간하였습니다.